LE LONG
DU LUXEMBOURG

DU MÊME AUTEUR

À PLEUR-JOIE, Grasset (Prix des Deux-Magots).

UN LONG MOIS DE SEPTEMBRE, Grasset (Grand Prix des Lectrices de *Elle*).

LES RÈGLES, Gallimard.

BALLADE AMÉRICAINE, Stock.

GRABUGE ET L'INDOMPTABLE AMÉLIE, « Folio-Junior », Gallimard.

UNE FORÊT SOUMISE, Grasset.

MA CHÈRE RÉPUBLIQUE, Grasset.

LE REPOS, Grasset.

AU DIABLE, Grasset.

LE TOUR DE L'ARBRE, Grasset et Livre de Poche.

LES ANGES D'EN BAS, Grasset (Goncourt de la Nouvelle).

O DIX-NEUVIÈME !, Grasset et Livre de Poche (Prix Femina essai).

CONNAISSEZ-VOUS LES RIDES ?, Grasset.

IL ÉTAIT UNE FOIS LES SCHNEIDER (1871-1942), Grasset.

VOYAGE IMAGINAIRE AUTOUR DE BARBE NICOLE PONSARDIN, VEUVE CLICQUOT (1777-1866), Grasset.

LA CORDE ET LE VENT, Grasset.

ELVIRE DE BRISSAC

LE LONG DU LUXEMBOURG

BERNARD GRASSET
PARIS

ISBN : 978-2-246-82505-0

À Roland, le plus jeune des sénateurs en notre temps.

CHAPITRE PREMIER

Le vingt-septième regard

On étouffe dans la cuvette parisienne en ce mois de juillet 1613 ; d'un carrosse descendent une matrone et un garçonnet joufflu qui n'a pas encore 12 ans. On l'appelle Sire, sa collerette en dentelle le démange, on lui présente quatre pièces d'argent et une pièce d'or à sceller dans la première pierre d'un édifice situé rue des Écoliers, à Rungis. Telle une baguette magique, elles ouvrent la voie à un léger bruit d'ailes : c'est l'eau qui prendra trois ans à se faufiler le long d'un chemin de treize kilomètres, tantôt en l'air, tantôt en terre, suivie par vingt-sept regards, et qui porte le nom de sa mère : l'aqueduc Médicis.

L'eau, Paris en manque cruellement en ce début du XVIIe siècle : trois cent cinquante mille habitants en consomment 1,73 litre par personne et par jour. On la compte en *ligne* ou en *pouce* : 144 lignes d'eau constituent un pouce et le pouce correspond au débit du trou d'un pouce (27 millimètres). Elle sert à boire, à cuisiner, à laver, elle alimente moulins, fontaines, puits, circule à trente mètres de hauteur ou bien enterrée dans des tuyaux en plomb, en grès ou en terre cuite, enfouis dans des tranchées maçonnées recouvertes de terre, mais jamais elle n'arrive en quantité suffisante. Paris en est assoiffé, surtout la Rive gauche. Bien sûr il y a la Seine et ses affluents, tout autour de la capitale des sources nommées la Pirouette, la Coulette, des plaines pour l'acheminer, comme celle dite du Long Boyau, près de Rungis, mais tout le monde se la dispute : couvents, ville, rois.

Le roi en ce moment est une reine, veuve et régente du royaume de France et de Navarre. Florentine, capricieuse, dispendieuse, mère de six enfants, elle a passé sa jeunesse dans les jardins Boboli, à Florence, où l'eau est une fête. Massive dans le Nord – lacs, lochs, chutes – où elle a quelque chose de pesant et de sombre, dans le Sud elle s'amuse follement, se cache dans les grottes, rebondit en cascades, joue de l'orgue, anime des automates ; elle sent bon l'été, la joie de vivre, et Marie de Médicis qui vient d'acquérir des terrains aux portes de Paris ne s'y trompe pas : avant d'y faire construire un palais qui lui rappellera sa Toscane natale, elle dessinera et plantera le jardin qui l'entourera, et, qui dit jardin, dit eau.

Henri IV, son mari, en avait déjà fait un morceau de roi – en quoi il sera suivi par Louis XIII, Louis XIV, les Bourbons raffoleront de l'eau.

À la fin du XVIe siècle, le feu roi avait fait venir de Florence le clan Francini : Camillo, Orazio, Alessandro, Tommaso, ils sont frères, cousins, dotés de très sérieuses connaissances hydrauliques, ludiques et conscients que les rois de France vont aimer tout ce « branle que donne l'eau » et que Montaigne avait déjà admiré en Toscane en s'amusant du fait que « tous les sièges vous rejaillissent l'eau aux fesses ». Ils vont petit à petit s'imposer, se franciser : 1599, création de la Surintendance des fontaines des bâtiments du roi, 1600, naturalisation de Tommaso nommé intendant général des eaux et des fontaines de France, il travaille pour le roi à Saint-Germain, à Fontainebleau, pour les Gondi à Saint-Cloud, et c'est à eux bien sûr que Marie de Médicis, leur compatriote, fait appel pour créer l'aqueduc qui porte son nom et dont son fils pose la première pierre en ce mois de juillet 1613.

D'Arcueil et de Cachan, il transporte l'eau de trois affluents de la Seine, la Vanne, le Loing et le Lunain, celle de sources captées à Rungis et c'est presque un chemin du souvenir qu'emprunte son tracé. Henri IV, un an avant sa mort, avait déjà songé à rétablir l'aqueduc construit au Ier siècle de notre ère pour acheminer les eaux d'Arcueil aux thermes de Cluny où l'on imagine les Romains suant et soufflant, passant du chaud au froid dans ces immenses salles où les voûtes ruissellent et les ombres sont roses.

C'est aussi un chemin de l'avenir : au XIXe siècle, au moment du grand ramdam haussmannien qui éventrera Paris, un troisième aqueduc reprendra, sous la houlette d'Eugène Belgrand, un ingénieur visionnaire, le tracé des deux premiers.

« Société, me choierais-tu ? » En un sens, oui, l'eau est toujours choyée, mais dès qu'on l'emprisonne, il faut l'aérer, la surveiller, la partager ; elle fuit, gèle, se vole ; elle farfouille dans des terrains sales, elle contamine, elle empoisonne, elle sent mauvais. Pour creuser de nouveaux captages, on exproprie des meuniers furieux, on mécontente les riverains à qui Jean Coing et son gendre, Jean Colin, les maîtres d'œuvre, ont beau expliquer : « Ce sont les eaux de Rungis que le roi fait conduire à Paris », ça ne les empêche pas d'invectiver les 600 ouvriers qui y travaillent d'arrache-pied.

Quand, le 8 mai 1624, l'eau arrive enfin au bout de sa course en présence des échevins de la ville, puisqu'on la veut blanche et propre, et qu'elle sente bon, l'insaisissable est surveillée par vingt-sept regards.

Le premier, dit le Carré des eaux ou le Grand Regard royal, est situé à Rungis ; les suivants l'ont à l'œil jusqu'à la porte de Gentilly sous laquelle elle se faufile pour gagner l'actuelle Cité universitaire, le parc Montsouris, et terminer au numéro 42 de l'avenue de l'Observatoire, dans le XIVe arrondissement de Paris.

Là l'attendent une petite maison en pierre habitée par le maître des eaux du royaume, notre Tommaso Francini, devenu Thomas Francine depuis sa naturalisation [1], et beaucoup de quémandeurs.

On la savoure comme un fruit, elle est d'une élasticité admirable, chacun tire dessus, mais le sage Francine a tout prévu : sous la maison ont été creusés trois bassins, comme trois mers calmes, aussi belles aujourd'hui qu'hier [2], afin de la répartir. Le bassin dit des Carmélites, destiné aux besoins des couvents et du clergé, en recevra environ un tiers ; le second, celui du roi, desservira le palais et les jardins du Luxembourg ; le dernier tiers ira au bassin de la ville, il alimentera quatorze fontaines publiques de la Rive gauche, quatorze points de ralliement où les femmes se crêpent le chignon, les enfants s'éclaboussent et les pigeons s'ébrouent quand le calme revient. Celle de la rue du Pot-de-Fer, dans le Ve arrondissement, existe toujours, modeste et ignorée des passants, au coin de la rue Mouffetard ; l'eau de l'aqueduc viendra également au secours de deux fontaines de la Rive droite en traversant la Seine au pont Neuf.

---

1. Une rue, dans le XIVe arrondissement de Paris, porte son nom.

2. Classée Monument historique en 1994, la Maison du Fontainier, propriété de la Ville de Paris, donnée en usufruit en 1872 à l'œuvre du Bon Pasteur, se visite sur demande.

Tout est donc prêt pour le futur jardin de la reine qui n'a pas chômé depuis la pose de la première pierre. Marie de Médicis mène de front intrigues politiques, commandes d'arbres et d'arbustes, expédition au palais Pitti de Clément Métezeau et de Salomon de Brosse, ses architectes, pour y effectuer relevés, métrages, dessins en vue de la construction de sa future demeure. Pour un oui, pour un non, et c'est plus souvent pour un non, elle se confie à son protégé, le jeune et ambitieux évêque de Luçon, nommé Armand du Plessis, le futur cardinal de Richelieu.

Le Louvre l'effraie, la galanterie de la Cour, sa goujaterie aussi, la rebutent, la reine recherche l'accent du pays où elle est née. Et où le trouver, cet accent, si ce n'est de l'autre côté de la Seine, Rive gauche, au sud de la ville, où s'est installée une véritable colonie italienne : Leonora Galigaï, son amie intime que Marie de Médicis a amenée avec elle d'Italie, et Concino Concini, son mari, qu'elle a fait maréchal d'Ancre ; les Cavalcanti, les Gondi, banquiers et partenaires financiers des Médicis à qui elle demande conseil pour marier ses filles – on les fiance au berceau, rappelez-vous, à cette époque, et Marie de Médicis en a trois, dont l'une deviendra reine d'Espagne et l'autre d'Angleterre.

Les yeux noirs de la reine, ses lèvres rouges, sa propension naturelle à faire hardiment des bêtises, comme dirait La Rochefoucauld, lui valent bien des ennuis. Marie de Médicis ne décolère pas devant le roi son fils qui porte impatiemment les désordres et les dépenses de sa mère, mais lorsque Gaston d'Orléans, son deuxième fils et son enfant chéri intrigue, elle bat des mains.

Elle étouffe dans cette grande baraque de la Rive droite où le roi se montre « sévère, défiant, haïssant le monde », le petit évêque de Luçon, qu'elle fera quand même cardinal, « d'humeur âpre et difficile [1] », mais où diable se dégourdir les jambes après ces séances de pose que lui inflige Rubens ? Elle l'a fait venir en France pour qu'il la portraitise en gloire aux murs et aux plafonds de son futur palais – 24 tableaux qui se trouvent actuellement au Louvre – mais elle n'en peut plus de se chamarrer, de se couvrir de bijoux afin d'immortaliser sa vie. Sa vie, c'est tout de suite.

Hélas, ce n'est pas tout de suite : le Luxembourg est un perpétuel chantier qui semble ne jamais devoir se terminer, le coût des travaux est exorbitant, l'âge mûr a changé les goûts de la reine, même son exil à Blois, quand elle a retrouvé Paris, lui a fait détester son lacis de ruelles, ce Louvre comme un œil au milieu du front, les bras pestiférés de ses courtisans. Marie de Médicis a un besoin féroce de respirer, de dormir, c'est-à-dire de ne pas retrouver « cette aventure sinistre de tous les soirs », comme

---

1. La Rochefoucauld, *Mémoires*.

dit le poète, au cours de laquelle défilent les images de son amie Leonora Galigaï décapitée en place de Grève, de son mari défiguré, la gorge trouée par des balles royales, exhumé de son tombeau par la populace parisienne, lapidé, bastonné, pendu, brûlé comme si rien ne suffisait à ces « marcassins de l'humanité [1] ». Elle s'est enfuie de Blois, dit-on, par une échelle de corde, s'est réconciliée avec son fils à Brissac, après la bataille des Ponts-de-Cé (1621), mais en vain : l'un et l'autre ont un renard caché dans le ventre. Ce renard s'appelle la colère, dont Montaigne nous dit qu'elle nous tient, mais que nous ne la tenons pas.

Saint-Simon décrit ainsi cette journée qu'on appellera « la journée des Dupes [2] » au cours de laquelle tout le monde trompe tout le monde. « Il [le roi] ne parla à personne et brossa droit à son cabinet [...] Il se jeta sur un lit de repos et, un instant après, tous les boutons de son pourpoint sautèrent à terre tant il était gonflé par la colère. » « Les favoris poussaient en une nuit comme les potirons », soupire Richelieu que Gaston d'Orléans traite de « ver de terre ».

Pour fuir ce climat délétère, ces factures enragées qu'on lui brandit sous le nez et pour distraire son perroquet, la reine repasse de l'autre côté de

1. Lautréamont, *Les Chants de Maldoror*.

2. 10,11 novembre 1630.

la Seine et s'offre une promenade qu'on baptise tout simplement de son nom, le cours La Reine[1]. Où mieux se réfugier que sur ces anciens terrains maraîchers qui bordent la rivière entre le coude des Tuileries et celui de l'Alma ? Sa personne royale se bourre de friandises, rompt ses diètes, se couvre de sueurs froides, elle a 43 ans, l'âge de la ménopause.

Mon père, qui maniait les rois à sa guise, les faisait péter, baiser, roter, nous présentait le cours La Reine où nous habitions comme une promenade de santé créée par Marie de Médicis pour digérer. Il lui servait des plâtrées de fayots, se bouchait le nez devant ses flatulences, ce qui n'était pas du goût de notre mère, mais c'était une manière comme une autre d'intéresser ses enfants à l'histoire.

Entouré de fossés et de grilles, ce cours La Reine deviendra la promenade à la mode sous la Fronde ; attelages et cavaliers font demi-tour au rond-point de l'Alma, parfois les chevaux s'effraient d'un reflet qui chatoie sur la Seine. Non loin de là, un simple chemin boueux, appelé peu après l'allée des Veuves, sert aux dames de petite vertu à offrir le moins farouche d'elles-mêmes aux passants. Trois siècles plus tard, elle se nommera l'avenue Montaigne, toute proche de la promenade où Marie de Médicis se rêvait déjà en haricot vert !

---

1. Entre la place du Canada et celle de l'Alma, elle se nomme depuis 1918 cours Albert Ier, troisième roi des Belges.

Pendant ce temps-là les jardins du Luxembourg s'étoffent : 2000 ormes et ormeillons provenant des forêts d'Amiens et d'Orléans s'élancent vers le ciel, des kilomètres de buis qui sentent l'âcre se déploient, tilleuls, hêtres, sorbiers, charmes, aubépines rivalisent ; on les haubane, on les taille, on les arrose. Nicolas Descamps et Guillaume Boutin, les jardiniers en chef, ont fait creuser depuis le réservoir royal un réseau de canalisations sur d'anciennes carrières, car la reine veut une grotte, autant dire une apothéose, la reine veut des fontaines, des dauphins, des bordures de marbre blanc, des doubles terrasses à degrés, des escaliers tournant comme des valses.

Jacques Boyceau de La Barauderie, intendant des Jardins du roi, qui a déjà œuvré à Saint-Germain et aux Tuileries, dessiné le premier jardin de Versailles, imagine des broderies de buis reproduisant arabesques, acanthes, rinceaux et initiales de Marie de Médicis surmontées de la couronne royale.

Le budget est colossal, plus de vingt hectares ont été bouleversés de fond en comble, la patronne est enfin gaie, elle roule les r comme une colombe. Au-delà de la propriété, champs, prés et bois regardent les tritons s'essuyer les yeux, la guêpe et les abeilles s'en donner à cœur joie et Marie de Médicis flanquer des coups de pied dans le mur des Chartreux qu'elle aimerait tant déloger.

Quelle reine !

CHAPITRE II

La reine mère

Les Chartreux l'ont devancée de près de quatre siècles dans ce lieu d'où ils n'entendent pas se laisser déloger par ce va-et-vient de carrosses, le sans-gêne d'officiers royaux qui ne reculent devant rien pour installer le pouvoir temporel à côté du pouvoir spirituel.

Ce n'était pourtant pas de gaieté de cœur qu'ils s'étaient établis en 1237 sur ce terrain mal famé, nommé Val Vert ou Vaux Vert, situé hors de l'enceinte de Philippe Auguste sur le versant méridional de la montagne. Louis IX y avait mis beaucoup du sien pour en convaincre quelques-uns de quitter Gentilly où il les avait installés pour s'établir dans cette ancienne demeure de Robert le Pieux, son ancêtre, laissée à l'abandon, et c'est là qu'il vient se recueillir en 1270 avant son départ pour la dernière croisade de son règne, au cours de laquelle il mourra à Carthage et deviendra le légendaire Saint Louis.

Curieux personnage que le fondateur de cet ordre, Bruno le Chartreux, encore appelé Bruno de Cologne ou Bruno de Reims, formant des générations d'étudiants dans cette ville dont il fut le chanoine pendant trente ans, précepteur du pape Urbain II, un de ses anciens élèves, attiré davantage par la vie d'ermite que par les fastes romains, « infatigable soiffier d'idéal », comme disait Baudelaire, quittant tout pour l'ermitage de Sèche-Fontaine, en Bourgogne, puis passant six années les pieds dans la neige, dans le massif de la Chartreuse, près de Grenoble, au pouvoir d'un aventurier encore plus grand que lui qui s'appelle le Christ et qui l'enverra mourir en Calabre à l'état de squelette.

Jamais canonisé ni béatifié, saint pourtant, et dont les disciples se retrouvent dans ce repaire de brigands et de receleurs, troué de carrières où rats et chauves-souris règnent en maîtres et où l'imagination populaire voit des figures « horriblement mortes » et des légions de démons, ce qui a donné naissance à l'expression : « Aller au diable vauvert. »

Les moines habitent un vaste enclos avec église, fermes, moulins à vent, ils ont créé une pépinière connue de toute l'Europe, se sont réservé les loyers de maisons à toit d'ardoises qu'ils ont construites en bordure de leur clos pour en faire des maisons de rapport ; ils vivent dans la règle de saint Bruno, une vie retirée, silencieuse, et c'est d'un très mauvais œil qu'ils voient arriver cette reine à fric que la maîtresse de son mari, Henriette d'Entragues, traitait de « grosse marchande » ou de « grosse banquière » avant même son arrivée en France.

Que le remariage d'Henri IV[1] ait été décidé, entre autres, pour une affaire de gros sous ne fait guère de doute. L'oncle de la mariée, le grand-duc de Toscane, Ferdinand de Médicis, connaît bien son futur neveu, ses dettes criantes – la plupart contractées auprès des Médicis –, sa galanterie, mais un roi de France, quoi qu'il en coûte, ne se refuse pas.

La mariée a 27 ans, l'air maussade, dit Maurice Paléologue, la taille épaisse, les gestes lourds. Le mariage par procuration a eu lieu à Florence en l'absence du roi qui ne se déplace même pas pour aller l'accueillir à Marseille où elle débarque en décembre 1600. Henri IV a vingt ans de plus qu'elle, le poil très gris, des bâtards à défaut d'héritiers ; ses maîtresses disent de lui qu'il empeste « de l'aile et du gousset » ou bien qu'il « sent la charogne ».

Marie confie à son médecin que « les choses se sont finalement bien passées » pour décrire sa nuit de noces, mais elle trouve le Louvre sinistre et les « poutanes du roi » envahissantes. Tout de suite enceinte, elle sait qu'on se moque d'elle, de son

1. L'année précédente, le mariage du roi avec Marguerite de Valois, fille de Catherine de Médicis, plus connue sous le nom de la reine Margot, avait été annulé en cour de Rome.

accent qui fait ricaner la Cour, et ce n'est qu'auprès de ses compatriotes qu'elle trouve un peu de réconfort.

Nombreux à Paris, ils l'invitent dans ce quartier de la Rive gauche qu'ils sont en train de lancer. Jérôme de Gondi met à sa disposition son hôtel de la rue de Condé, la reine passe outre les défenses royales d'aller vadrouiller rue de Tournon chez son favori, « le Concine », comme l'appelle Henri IV, de fréquenter ce quartier qu'on nomme alors pays latin parce que les clercs qui y étudient depuis des lustres n'avaient le droit que d'y parler latin. Elle fait jouer ses petits garçons dans l'hôtel de Picquigny où ils chassent le lièvre et le marcassin. À l'ombre des vignes du Pressoir du roi, l'air est si bleuté que, lorsque s'en présentera l'occasion, elle n'hésitera pas à changer de rive.

Marie de Médicis tient mordicus à être couronnée reine de France. Le 13 mai 1610, la cérémonie a lieu à Saint-Denis [1]. Le lendemain, Henri IV part en guerre pour la succession du duché de Juliers, une ancienne possession du Saint-Empire romain germanique. Pierre-Paul Rubens la peint dans un tourbillon d'hermine, cocufiée, décriée, mais reine

---

1. Son époux, Henri IV, a été le seul roi de France sacré à Chartres, les *regalia* (ensemble d'objets symboliques utilisés lors du sacre d'un roi de France) étant aux mains des Ligueurs peu sûrs de sa très récente conversion au catholicisme.

de France grâce à ce céleste feu qu'on lui pose sur la tête sous la forme d'une couronne.

Le jour suivant, Henri IV est assassiné par Ravaillac – de là à crier au complot... Voici la souveraine libre pour très peu de temps d'agir à sa guise, Louis a 9 ans, il sera bientôt sacré [1], le moment est venu de sauter le pas. La régente achète à François Piney son hôtel de la rue de Vaugirard, l'hôtel Picquigny, aujourd'hui appelé le Petit Luxembourg et résidence du président du Sénat, ses jardins, ses terres, environ huit hectares, pour 30 000 livres.

Les années suivantes, elle rafle tout ce qu'elle peut aux alentours : pour 27 000 livres, l'hôtel Champrenard, voisin du premier ; pour 47 000 livres, la ferme que possède l'Hôtel-Dieu, le long de la rue d'Enfer, l'actuel boulevard Saint-Michel ; l'année suivante, pour 3 000 livres, encore huit hectares de terre, et enfin, en 1617, une petite maison avec jardin, rue de Vaugirard, pour 12 000 livres.

Une politique opiniâtre qui prend le temps qu'elle prend, coûte cher, pour arriver à constituer en une quinzaine d'années, hors les murs, mais tout près de Paris, un ensemble de vingt-quatre hectares d'un seul tenant à côté de ces Chartreux qui ne veulent pas lui céder un pouce de leur

1. Le 17 octobre 1610.

terrain, hormis quelques arpents, au nord, au bout d'années de tractations. Seule la Révolution française mettra fin, deux siècles plus tard, à ce voisinage forcé en nationalisant les biens de l'Église et en déclarant le palais « propriété nationale » – il l'est toujours.

C'en est fini néanmoins de la tranquillité des moines : dix ans de vacarme, de poussière, de boue, un gigantesque chantier s'ouvre de l'autre côté de leur enclos. La reine est un bulldozer, elle change complètement et jusqu'à nos jours, ce lieu, elle le change de siècle, elle le change de vocation, elle le change de pays. Son œuvre ne portera pas son nom, continuera à s'appeler le Luxembourg par un caprice de l'histoire, mais elle est le fruit d'un mariage beaucoup plus réussi que son mariage de convenance, mêlant l'enchanté au réel, la fête à la vie, tout ce qu'aime notre forte reine !

Le magicien de ce bouleversement s'appelle Salomon de Brosse. Huguenot, la quarantaine, le visage en pointe, comme sa barbe, il a déjà travaillé pour la reine et pour les Gonzague, il sait la prendre, l'écouter, la supporter, adoucir les bossages du palais de son enfance, ces saillies de pierre qui font jouer l'ombre et la lumière, faire accepter aux Parisiens ces colonnes toscanes jumelées, ces corps de cheminée sculptés, cet enfaîtement du toit enrichi d'or, ce dôme couvert d'ardoises en écaille, cette profusion de marbre noir et blanc.

Issu de la dynastie des Androuet du Cerceau, héritier de générations d'architectes qui ont conseillé Henri III, Henri IV, il lui revient d'adapter l'exubérance italienne à la rigueur française, le marbre à la raison, de supporter la maîtresse des lieux, sa manie de lui flanquer ses gants à la figure à la moindre contrariété.

Le palais est habitable en 1624. L'année suivante, la reine s'installe dans l'aile ouest, sa chambre d'or et d'argent est comme un soir d'été, quand le soleil flamboie à l'horizon, dans l'aile opposée les tableaux de Rubens, fou de couleurs, reflètent sa souveraineté. Son fils occupe, quand il les occupe, les appartements de l'est ; quand elle l'entend partir le matin à la chasse, elle dit ouf ! Elle s'imagine être passée de la servitude à la liberté. Dans un geste de reconnaissance, trois ans plus tard, elle fait don à son protégé, le cardinal de Richelieu, dont La Rochefoucauld dit qu'il était « plutôt son tyran que son amant », du Petit Luxembourg, tout petit en effet à côté de ce grand palais qu'elle occupe désormais, sans se douter que celui qui lui doit tout va bientôt devenir son ennemi.

Elle l'a fait nommer cardinal, grâce à elle il est entré au conseil du roi, il a été nommé ministre des Affaires étrangères ; exilé comme elle, il lui reproche maintenant de « se blesser aisément à peu de chose » et de vouloir maintenir l'Espagne catholique tout en haut des alliés de la France.

Sans remords ni regrets, le visage rigoureux, le cheveu poivre et sel, Richelieu est un grand mécanisme politique : le jour où il faut se retourner, il se retourne vers le roi régnant, contre sa protectrice vieillissante. Ce jour-là se nomme la journée des Dupes. Le 11 novembre 1630, au cœur même de ce palais du Luxembourg, se tient une partie de poker : deux hommes contre une femme, elle est perdante, bien sûr, elle n'est plus qu'une grosse bête qu'on chasse. Il n'y a pas de place pour trois, la reine mère doit se retirer du jeu à Compiègne.

À quoi pense-t-elle, là-bas, sous ce ciel bas de l'Oise où ses articulations la font souffrir ? À ses rocailles, à cette myriade de peintres, d'artisans, de sculpteurs, de lettrés qu'elle a fait travailler à Fontainebleau, au Louvre, au palais du Luxembourg d'où on l'a chassée ? À ce couple mal assorti, le sien, qu'elle a célébré en fresques, en peintures, en coupoles, et immortalisé en couple royal ? À sa vulgarité qu'elle a déguisée en grandeur ? À ses chats, à son perroquet, à ses petits-enfants ? Pas du tout, elle songe à la revanche ! Et une fois de plus, elle endosse ses couleurs d'opposante !

Elle s'enfuit à Bruxelles où elle se voit privée de son statut de reine et de ses pensions, aux Pays-Bas espagnols, en Angleterre, en Allemagne, tente de former une ligue de ses gendres, complote contre son fils, elle en a l'habitude, mais « ses cheveux en cascades qui ruisselaient naguère par petites ondes rousses avec un frissonnement d'or et de lumière[1] », tombent maintenant par poignées, le pourtour de ses lèvres saigne d'érésipèle. Réfugiée à Cologne, elle meurt de pleurésie en juillet 1642. Elle a 67 ans, son corps attendra neuf mois pour être inhumé sans grande cérémonie à Saint-Denis et son cœur sera envoyé à La Flèche pour y être placé à côté de celui d'Henri IV, selon le vœu de ce dernier.

À son très intelligent cardinal, elle a légué son perroquet : Richelieu meurt la même année qu'elle ; le roi, son fils, disparaît à son tour, trois mois après l'avoir enterrée. La partie de poker est terminée.

Marie de Médicis laisse quatre millions et demi de livres de dettes, ce qui est, paraît-il, exorbitant. Elle s'est éteinte avec le goût amer de l'ingratitude dans la bouche, une connaissance inégalée de toutes les gammes de la trahison. Manigances, complots, combinaisons ont été son pain quotidien, ourdir son verbe préféré, mais elle a pétri Paris, pétri la France ; ses doigts boudinés l'ont badigeonnée d'or, de cramoisi, mettant du royal partout, faisant jazzer les jets d'eau et des nymphes marines des divinités d'Ile-de-France.

« Qui devant un soleil couchant, un beau soleil couchant sur le Luxembourg, [...] derrière le troupeau des monuments, derrière les simples maisons,

1. Théophile Gautier, *La Toison d'or*.

[...] devant un de ces merveilleux couchers de soleil comme l'Ile-de-France en a le secret, et Paris en Ile-de-France [1] », qui donc, devant la statue en marbre de Marie de Médicis installée, comme celle d'une vingtaine de femmes dites illustres, sur la terrasse du jardin du Luxembourg, devant ce menton empâté, ce sceptre qu'elle tient gauchement à la pliure de son coude, pourrait deviner le destin de cette petite princesse florentine transformant son mal du pays en un palais qui deviendra la demeure des sénateurs français ?

1. Charles Péguy, *Solvuntur objecta.*

CHAPITRE III

Le palais d'Orléans

Juchés sur le haut d'une échelle, deux ouvriers dorent les dernières lettres d'un nouveau fronton : nous sommes en 1644, le palais Médicis porte désormais le nom de palais d'Orléans. Il appartient à Gaston de France, duc d'Orléans, frère puîné de Louis XIII, de près de sept ans son cadet.

Sa vie est une suite d'embrouilles : longtemps héritier présomptif du trône, puisque son frère et Anne d'Autriche n'ont pas d'enfant [1], veuf à dix-neuf ans à peine, puis amoureux d'une dame qu'on ne lui laisse pas épouser – son remariage a déjà été cassé deux fois –, homme de toutes les fêtes, de toutes les intrigues, de tous les complots, il est en cela le digne fils de sa mère. « Il pensait à tout, mais il ne voulait rien », dit de lui le cardinal de Retz. Cinq-Mars, Ornano, Chalais, Vendôme,

---

1. Ils attendront vingt-trois ans la naissance de leur premier enfant, le futur Louis XIV.

Montmorency, ses complices, ont trinqué, Gaston d'Orléans s'en est toujours tiré – brouilles, fuites à l'étranger, réconciliations – mais voici qu'en moins d'un an les cartes sont rebattues par la disparition presque concomitante de sa mère, de Richelieu et de Louis XIII. Ce dernier, se voyant mourir, a pourtant nommé son frère lieutenant-général du royaume et chef des conseils, mais les cartes lui échappent à nouveau et passent aux mains de sa belle-sœur, Anne d'Autriche, mère du Dauphin, et d'un nouvel aventurier, bien plus aventurier que lui, le cardinal Mazarin.

Notre père nous expliquait la fulgurante ascension de ce dernier que la Cour surnommait « le gredin de Sicile » par cette phrase mystérieuse : « Il savait où se trouvaient les dossiers », et nous imaginions le cardinal, les manches de sa soutane retroussées, fourrageant à pleines mains dans les armoires de Richelieu après sa mort, brandissant au bon moment le bon papier sous le nez de la souveraine reconnaissante…

Avec la Fronde, Gaston d'Orléans leur donnera du fil à retordre, mais pour l'heure savoure-t-il le plaisir d'être propriétaire de son nouveau palais ? Pas vraiment, car il lui préfère le château de Blois que Louis XIII lui a offert pour son mariage et où il mourra, mais il y installe sa famille, et sa famille est à l'image du personnage, compliquée !

Très jeune, on l'a forcé à épouser Marie de Bourbon, duchesse de Montpensier (Richelieu avait déjà pensé à unir cette dernière au frère de Gaston mort en bas âge ; entêté, le cardinal avait remis ça). Il la déteste, elle le déteste, mais la pauvre duchesse n'a pas longtemps à vivre : elle s'éteint six jours après avoir mis au monde une petite fille, Anne-Marie-Louise d'Orléans, plus connue sous le nom de la Grande Mademoiselle.

Sa mère, en mourant, a pris la précaution de lui léguer toute sa fortune et la voici une des plus riches héritières d'Europe, s'amusant avec son cousin germain, le futur Louis XIV, qu'elle appelle « son petit mari », s'amusant avec son père qu'elle voit rarement, mais que tout intéresse, la peinture, la numismatique, les fleurs, les femmes, les tortues, s'amusant moins avec sa belle-mère qu'elle surnomme « la vieille Madame ».

Monsieur est surnommé le Grand Monsieur depuis la naissance de son neveu, Philippe, le frère de Louis XIV, qu'on nomme lui le Petit Monsieur, aussi s'habitue-t-on à nommer sa fille la Grande Mademoiselle, adjectif qui sied à cette nature altière, à ce nez busqué, à cet amour qu'elle porte à ce père virevoltant qui lui complique beaucoup la vie.

Elle a 12 ans quand elle voit débarquer sa belle-mère au Luxembourg où naîtra une ribambelle de petites sœurs et où les travaux ne sont jamais terminés. Le palais est toujours en chantier, et les jardins, n'en parlons pas. Rien n'est plus à la mode que les jardins au milieu de ce XVIIe siècle ! Gaston d'Orléans ne fait pas exception à cet engouement ; s'il n'exécute pas tous les projets de sa mère, notamment celui de la grotte et de la fontaine Démogorgon qui devait terminer la perspective est du grand parterre, il travaille à embellir le jardin avec Robert Morison, un botaniste écossais, et Vespasien Robin, fils de celui qui a donné son nom au « robinier », dit encore faux-acacia.

La mode est à la tulipe, que dis-je, la folie, la fièvre de la spéculation ! Les bulbes valent deux maisons, huit veaux – il y a des marchés comptants, des marchés à terme –, la peinture multiplie les natures mortes, l'amateur de jardins « y court au lever du soleil, écrit La Bruyère, et il en revient à son coucher ; vous le voyez planté, et qui a pris racine au milieu de ses tulipes ». Et d'énumérer la *solitaire*, l'*orientale*, le *drap d'or*, toutes ces variétés qui arrivent sur le marché depuis Constantinople jusqu'aux Provinces-Unies. « Il revient chez soi fatigué, affamé, mais fort content de sa journée ; il a vu des tulipes. »

À cette époque le jardin du Luxembourg se présente ainsi : les grands parterres de broderies déjà un peu démodés et les terrasses entourent le palais ; des allées d'arbres partent en étoile vers une succession de jardins clos – clos des simples, clos des fleurs, clos des légumes et des arbres fruitiers, séparés par des haies. Au-delà, c'est toujours la campagne, il y pousse de mauvaises herbes dans les blés, on vendange avant que ne vienne l'hiver ; gris comme la mine de mon crayon, le brouillard étouffe le son des cloches des couvents voisins, les Chartreux, bien sûr, mais aussi les Feuillantines, le Val-de-Grâce, l'abbaye Sainte-Geneviève.

Le public y entre peu à peu pour admirer les tulipes de Monsieur, les glacières et les écuries de Monsieur, il s'attarde sous les tilleuls. Les propriétaires sont souvent absents, il suffit de glisser une pièce… Gaston d'Orléans est exilé à Blois où il meurt en 1662, la Grande Mademoiselle a eu tout faux : le siège d'Orléans où elle a nargué le roi, son cousin, Paris où elle a fait tirer le canon sur ses troupes au moment de la Fronde, ce qui lui a valu cinq années d'exil à Saint-Fargeau, enfin le grand amour qu'elle découvre à 43 ans en la personne de l'insolent Lauzun que la monarchie enverra croupir pendant dix ans à Pignerol. « Caractère équivoque, mêlé, enveloppé ; une énigme », dit de lui La Bruyère, qu'elle finira par sortir de sa forteresse, en y laissant une partie de sa fortune, par épouser et qu'elle ne voudra même pas voir à son lit de mort.

Mort ainsi décrite par Saint-Simon : « La Grande Mademoiselle mourut dans son palais de Luxembourg le dimanche 5 avril [1693] après une longue maladie de rétention d'urine. [...] Il y arriva une aventure fort ridicule. Au milieu de la journée et toute la cérémonie[1] présente, l'urne qui était sur une crédence et qui contenait les entrailles se fracassa avec un bruit épouvantable et une puanteur subite et intolérable. À l'instant voilà les dames les unes pâmées d'effroi, les autres en fuite. [...] La plupart gagnèrent le jardin et les cours. C'étaient les entrailles mal embaumées qui par leur fermentation avaient causé ce fracas. Tout fut parfumé et rétabli, et cette frayeur servit de risée. »

Qui demeure maintenant dans le palais ? Une seule propriétaire, sa demi-sœur, Élizabeth d'Orléans, duchesse de Guise, bossue et contrefaite à l'excès. « Elle était fort maltraitée par Mademoiselle, poursuit Saint-Simon, qui n'avait jamais pu digérer le second mariage de Monsieur, son père, ni souffrir sa seconde femme ni ses filles. » Confite en dévotion, elle passe ses journées à l'église Saint-Sulpice dont elle voit les tours de sa fenêtre et entend le carillon. « Elle était fort sur son rang, conclut le mémorialiste [...], et extrêmement bonne. »

Proche de la cinquantaine, veuve et sans enfant depuis la mort de son fils unique, elle se pose la question : que faire de ce palais très lourd et très coûteux ? C'est très simple : une donation. À qui ?

1. Cérémonie = assistance.

À Louis XIV, son cousin, l'astre de ce XVIIe siècle vieillissant, mais pas à n'importe quelle condition. À condition d'en garder l'usufruit sa vie durant et d'être exonérée de toutes les charges d'entretien et des grosses dépenses le temps qui lui reste à vivre, c'est-à-dire peu de temps, puisqu'elle s'éteint en 1696, deux ans après sa donation.

Le palais du Luxembourg retourne au domaine royal à cette date, à qui Gaston d'Orléans avait déjà légué vingt ans auparavant ses collections de cartes, d'estampes, de plantes peintes, de pierres gravées, de tableaux, ses bibliothèques et ses sculptures antiques qui seront le noyau du Département des monnaies, médailles et antiques de la Bibliothèque nationale.

Le Luxembourg dépend maintenant de la direction des Bâtiments du royaume, ses surintendants y entrent avec le XVIIIe siècle. Il est désormais un palais d'État, un palais fonctionnarisé, qu'il restera jusqu'à nos jours.

CHAPITRE IV

Jouflotte

Derrière la fenêtre de sa chambre, Marie-Louise d'Orléans, duchesse de Berry, la nouvelle locataire du palais du Luxembourg, pleure d'un œil et rit de l'autre. Elle est enceinte, elle a envie de friandises et n'a jamais envie d'aller à la messe ; son œil pleure parce que, en ce moment, elle y va tout le temps. Elle est en grand deuil, et même doublement : l'année précédente elle a perdu son jeune mari, le duc de Berry, surnommé « Berry bon cœur » à qui elle en a fait voir de toutes les couleurs et, à l'orée de cet automne 1715, le Roi-Soleil s'est éteint. Il est son grand-père par la main gauche : sa mère, Françoise-Marie de Bourbon, est le fruit de ses amours avec Madame de Montespan. Fruit légitimé, certes, mais fruit empoisonné, que sa fille déteste.

L'autre œil, celui qui rit, rit parce que son père, Philippe d'Orléans, est désormais Régent[1] : elle en est la fille préférée, le sait et est bien décidée à en jouer, déjà il l'a installée au Luxembourg et les surintendants n'ont pas pipé.

« Jouflotte », ainsi la surnomme-t-on depuis son enfance, se souvient aussi d'un autre drôle de grand-père qu'on appelait le Petit Monsieur du temps de Gaston, puis Monsieur, frère de Louis XIII. Elle était enfant quand il est mort mais elle ne l'a jamais oublié. Saint-Simon non plus : « C'était un petit homme ventru monté sur des échasses tant ses souliers étaient hauts, toujours paré comme une femme, plein de bagues, de bracelets, de pierreries partout avec une longue perruque tout étalée en devant, noire et poudrée, et des rubans partout où il pouvait en mettre, plein de toutes sortes de parfums, et en toutes choses la propreté même. »

Il faisait rire Jouflotte, lui pinçait les joues, la bourrait de sucreries dont il se bourrait lui-même. Malgré son peu d'attirance pour les femmes, il lui a donné deux grand-mères : Henriette d'Angleterre qu'elle n'a jamais connue, morte à 26 ans d'avoir bu un verre de chicorée, empoisonnée, dit-on, par l'entourage de son mari, célébrée par Bossuet :

1. Le dauphin, le futur Louis XV, arrière-petit-fils de Louis XIII, n'a que 5 ans. La Régence durera de 1715 à 1722.

« Après ce que nous venons de voir, la santé n'est qu'un nom, la vie n'est qu'un songe, la gloire n'est qu'une apparence » ; puis une seconde grand-mère, la Palatine, surnommée « Madame Lucifer » par son propre époux, qui, elle, est bien vivante, boit de la bière et trouve que sa petite-fille exagère.

Jouflotte exagère en tout : hérédité chargée, passion incestueuse, dit-on, pour le Régent, son père, et le diable au corps ! Il s'en passe de belles au Luxembourg ! Les galants défilent, jusqu'au jour où la veuve tombe amoureuse folle du lieutenant de sa garde, le comte de Riom. Par malchance, la voici tout le temps enceinte, de lui ou d'un autre. Trois fois de suite, et encore enceinte, quand elle meurt, en 1719, deux mois après avoir mis au monde une fillette mort-née.

Sous sa houlette le palais aussi en voit de toutes les couleurs : à la fin du siècle dernier, on a redessiné et simplifié le grand parterre de Marie de Médicis, qu'à cela ne tienne, on recommence. À l'intérieur, on change tout, le mobilier, les tentures, les tapisseries. Quand le tsar arrive à Paris, en 1717, la duchesse de Berry donne en son honneur un bal à tout casser où elle paraît, selon *La Gazette de la Régence*, « puissante comme une tour, quoique belle et fraîche ».

Rien ne lui fait peur, depuis l'enfance elle fréquente les libertins, les bruits les plus malveillants courent sur le compte de son père et sur elle. Le

Régent a des mains si caressantes, des baisers si gais…

Seraient-ils les sujets de la première pièce d'un jeune auteur qui sort de la Bastille et qui a le culot de les y inviter ? Chiche ! Ce 18 novembre 1718, la duchesse de Berry fait une entrée très remarquée à la Comédie-Française – « Elle n'est qu'un amas d'étoffes et de bijoux » – en compagnie de son père, rendant ainsi l'auteur célèbre : il a pris pour pseudonyme Voltaire et sa pièce s'intitule *Œdipe*…

Jouflotte a beau se proclamer impie, quand ses couches tournent mal, elle appelle au secours le curé de Saint-Sulpice qui ne vient pas – le palais du Luxembourg est synonyme de trop de scandales – et refuse de lui donner les derniers sacrements. N'a-t-elle pas imaginé de fermer les jardins, de les fermer purement et simplement pendant des mois, prétextant un rhume, pour qu'on ne la voie pas de grosse devenir énorme et pour aller clandestinement accoucher à la Muette ?

On nous a fermé la porte
du jardin du Luxembourg ;
C'est la grosse Jouflotte
Qui nous a joué ce tour.
Elle eût mieux fait la bougresse
De boucher le trou,
Le plus voisin de ses fesses,
Par où ses gardes font joujou.

On en dit et on en dit, on dit qu'elle a épousé Riom secrètement dont elle est à nouveau enceinte – troisième enfant né cinq ans après la mort de son mari. À son retour de couches, la duchesse de Berry fait rouvrir les jardins du Luxembourg qu'elle décide de vouer au blanc, ainsi que sa suite. Voilà les jardiniers à l'œuvre, chamboulant toutes les plates-bandes. Même son père n'en peut plus de son inconduite, il a éloigné le comte de Riom de Paris, refuse de reconnaître ce mariage.

Jouflotte sent-elle sa fin approcher ? Elle a peur du diable, et c'est à 23 ans, en 1719, que s'achève la vie de celle que Saint-Simon décrit ainsi : « Haute jusqu'à la folie, basse aussi jusqu'à la dernière indécence [...], à l'avarice près, elle était un modèle de tous les vices, qui étaient d'autant plus dangereux qu'on ne pouvait pas avoir plus d'art ni plus d'esprit. »

Belle oraison funèbre qui laisse rêveur tandis que se flétrissent les fleurs blanches de la défunte et que le palais se délabre, restant sans hôte de marque pendant plusieurs années.

Il semble un paradis à sa nouvelle habitante, Louise-Élizabeth d'Orléans, veuve de Louis Ier d'Espagne, quand elle s'y installe après la mort de son père, le Régent. Elle est la sœur cadette de Jouflotte – même hérédité, même parentèle –, son opposée ! Elle aussi a eu à souffrir de ses parents, que n'a-t-elle entendu sur sa mère qu'on avait forcé son père à épouser, sur son illégitimité de bâtarde, sur le déshonneur et la honte, disait son grand-père, que ce mariage avait apportés à leur famille. Elle aussi a fait les frais de cette habitude qu'a l'histoire en ce temps-là : prendre les enfants pour des pions au sortir de leur berceau.

Son pion à elle s'est doublé d'un échange[1] : afin de sceller la paix entre la France et l'Espagne après une guerre de succession qui a duré quatorze ans et qui fut la dernière du règne de Louis XIV, le Régent promet sa fille, notre Louise-Elizabeth, dite Mademoiselle de Montpensier, au prince des Asturies, et Philippe d'Espagne promet la sienne au futur roi Louis XV. On échangera les princesses, en plein mois de janvier 1722, sur l'île des Faisans, au milieu de la Bidassoa, là même où le mariage de Louis XIV, son grand-père, avec l'infante Marie-Thérèse, avait été négocié. Mademoiselle de Montpensier est furieuse de quitter la France, de quitter ses sœurs et devant ce dadais de deux ans plus âgé qu'elle, les choses ne s'arrangent pas. Il devient roi d'Espagne après l'abdication de son père, règne pendant sept mois sous le nom de Louis 1er et meurt.

1. *L'Échange des princesses*, roman de Chantal Thomas, Le Seuil, 2013, adapté en 2017 au cinéma par Marc Dugain.

Veuve à 15 ans, mêlée à un tas de problèmes politiques qui la dépassent – son père n'est plus de ce monde, la France rompt les fiançailles de Louis XV et renvoie l'infante – elle revient en France en catimini. Cette politique de l'échange se conclut sur un échec dont elle est la victime.

La toute nouvelle monarchie de Louis XV lui offre le palais du Luxembourg en guise de consolation. Elle y restera jusqu'à sa mort, aussi discrète que sa sœur y était scandaleuse, aussi dévote que sa sœur aimait à s'y proclamer impie, écoutant sonner les cloches de l'église Saint-Sulpice toute proche où elle a exprimé le désir de se faire enterrer. À 32 ans, le jour de l'été 1742, sans couronne, sans amant, sans enfant, près du pilier de l'Évangile, ce vœu sera exaucé.

CHAPITRE V

Le comte de Provence

Depuis la mort des filles du Régent, le Luxembourg connaît le sort des palais sans maître : pièces cloisonnées, appartements transformés en garde-meubles, soupentes abritant des familles entières, escaliers dégoûtants. Un véritable squat ! Mendiants, charretiers, ravaudeuses, crieuses de tisane et de vieux chapeaux, chiffonniers, déambulent dans des corridors encombrés de malles, de hardes, de bassines ; du linge sèche ou ne sèche pas au-dessus de flaques de lait revomi. Les feux de cheminée sont fréquents, les inondations se succèdent, les plafonds moisissent, on redoute à chaque instant qu'une bougie mal consumée ou qu'un voisin malveillant mette le feu au bâtiment.

Pour tout compliquer, en 1750, s'ouvre dans la galerie située à l'étage le premier musée de France et les visiteurs se pressent rue de Vaugirard sous le fronton de l'entrée qui porte toujours l'inscription de Palais d'Orléans. Ils viennent voir les tableaux de

Rubens et les chefs-d'œuvre des collections royales. Comme les portes ferment mal, on les retrouve un peu partout dans et hors du palais.

Car les jardins aussi, d'entrebâillés, sont devenus un lieu de promenade très prisé des Parisiens. On a modifié le grand parterre entre 1715 et 1720 sous la direction de Robert de Cotte nommé au début du XVIIIe siècle premier architecte de Louis XIV. Bel homme moustachu, élève de Mansart, il a remplacé la surabondance de broderie presque orientale de Marie de Médicis et les fleurs de Gaston d'Orléans par un jardin plus strict : deux grandes pelouses rectangulaires ornées d'un seul motif de fleurs de lys, entourées de plates-bandes de buis plantées de vivaces et de bulbes. En un mot, fidèle à son maître, il a francisé le jardin.

Alentour, si l'on a soif d'un baiser, c'est encore la campagne. Il semble au promeneur que « ce jardin familier devenait une forêt immense et magique. Les perspectives s'allongeaient sous de hauts arbres vers le cours lent d'un fleuve bordé de peupliers. Puis le fleuve disparaissait : c'était une clairière où des chevreuils passaient par troupes. Nous allions et les aspects changeaient sans cesse [1] ».

Les allées aussi changent de nom, elles s'appellent désormais « allée des Philosophes », « allée des

1. Rémy de Gourmont, *Une nuit au Luxembourg*, Le Mercure de France, 1906, cité par D. Jardillier, *Le Jardin du Luxembourg*, Rmn, 2018.

Soupirs » ; en 1765, des chaises louées remplacent les bancs en bois et le public grogne parce qu'elles sont louées plus cher qu'aux Tuileries. On y vend des friandises, des cerceaux, mais sous le nez des Chartreux, on s'y livre aussi à la contrebande, à la prostitution, on s'y étripe et on s'y bat en duel. Les surintendants ont beau prendre des ordonnances interdisant l'accès des lieux à « la livrée », aux porte-sacs, femmes en tablier et autres gens mal équipés, ces ordonnances ne sont guère suivies d'effet. On interdit aussi d'y laver son linge dans les bassins et de l'étendre, de traverser le jardin en chaise à porteurs ou à cheval, de quitter ses habits l'été quand on transpire, d'y venir armé. Gardes suisses, rondes de nuit, rien n'y fait.

Contrairement aux Tuileries, le jardin du Luxembourg conserve un aspect champêtre qui tresse entre le promeneur et lui un fil joyeux. Jean-Jacques Rousseau, qui loge dans un hôtel proche de la Sorbonne, l'avoue : « La marche a quelque chose qui anime et avive mes idées ; il faut que mon corps soit en branle pour y mettre mon esprit [...] Tout cela dégage mon âme, me donne une plus grande audace de penser, me jette en quelque sorte dans l'immensité des êtres [1]. »

Il y vient tous les matins vers 10 heures, aperçoit Diderot dans l'allée des Soupirs, « en redingote

1. *Les Confessions*, Livre quatrième.

grise [...] éreintée par l'un des côtés ; avec la manchette déchirée et les bas de laine noire recousus derrière avec du fil blanc ».

Ce n'est pas avec du fil blanc que ce dernier éditera l'*Encyclopédie*, mais avec ses connaissances de l'anglais, avec ses amis, D'Alembert et Condillac, avec l'intuition qu'il doit accomplir autre chose que la traduction de la *Cyclopaedia* de Chambers ! Vingt-quatre ans de travail, 17 volumes de texte, 11 planches, un millier d'ouvriers pour fabriquer cet explosif qui s'appelle l'*Encyclopédie*, frappé d'interdictions temporaires. « Bien plus qu'un livre, s'exclamera Michelet, la conspiration victorieuse de l'esprit humain. » Faussement modeste devant le succès triomphal de son livre, Diderot reconnaîtra : « Nous avons servi l'humanité. »

Tout le monde veut que tout change en cette seconde moitié du XVIIIe siècle : Dieu, l'auteur de ce monde ! La vie ! Les villes ! Le VIe arrondissement de Paris ! Marie de Médicis ne reconnaîtrait pas ce faubourg où ses contemporains florentins l'avaient accueillie, il y a un siècle et demi. La foudre est tombée sur Saint-Sulpice : Chalgrin dessine à l'église une balustrade de pierre, reconstruit la tour nord sans avoir le temps de rendre la tour sud symétrique – boiteuse, elle l'est toujours.

La construction de l'église Sainte-Geneviève qui aurait dû voir le jour en haut de la montagne tourne au pugilat. Louis XV avait fait un vœu :

contre sa guérison, une église. Son vœu ayant été exaucé, il avait posé la première pierre de l'édifice en 1764, décidé d'y abriter la patronne de Paris, en y exposant sa châsse et confié la réalisation de l'édifice à Soufflot. Quand ce dernier entame les fondations, il découvre que les potiers romains sont passés par là, il y a dix-huit siècles, laissant des dizaines de puits creusés dans le sous-sol, bref que celui-ci est une véritable termitière. Le malheureux architecte, « la tête la mieux meublée que je connaisse », disait pourtant de lui le marquis de Marigny[1], pressent que son projet d'une église surmontée d'un dôme fait de trois coupoles emboîtées les unes dans les autres, le tout soutenu par des colonnes corinthiennes, ne va pas aller de soi. Ses détracteurs sortent de terre comme des cloportes et soutiennent que ce bâtiment en forme de croix grecque, le futur Panthéon, va s'écrouler.

Qu'y faire ? Qui croire ? L'un se cramponne à son arithmétique, les autres à leurs libelles et mémoires explicatifs, on consulte les savants, les années passent, Soufflot meurt en 1780 sans voir son projet dénaturé, muré, obscurci par l'ennui. Tant mieux pour lui.

Le Luxembourg n'est pas en reste. Son nouveau propriétaire n'est autre que le comte de Provence, le

1. Frère de Mme de Pompadour, nommé directeur général des Bâtiments de Louis XV en 1751.

frère du roi Louis XVI, de treize mois son cadet. Il l'a reçu par lettres patentes en 1778 et 1779 pour compléter son apanage et désire en faire sa résidence parisienne, mais il va de mauvaise surprise en mauvaise surprise.

Le palais n'a cessé de se dégrader au fil des ans et Jean-François Chalgrin, son architecte, chiffre à trois millions de francs-or le coût de sa restauration. De belle prestance, souriant, Chalgrin a travaillé au palais Mancini à Rome, avec Saint-Florentin, l'éternel secrétaire d'État de Louis XV, et sait de quoi il parle. Dès la formation de la maison du comte de Provence, il y est entré comme secrétaire du conseil des finances et il reprend l'idée de Soufflot en soufflant au jeune prince : « Au lieu de : Murs noirs, écroulez-vous ! Murs noirs, ouvrez-vous ! » À quoi ? Aux transactions !

Pour restaurer le Luxembourg, pourquoi ne pas aliéner une partie des terrains qui l'entourent et que Marie de Médicis a mis des années à rassembler ? À cela deux obstacles : ces têtes de mule de Chartreux, sourds à toute transaction, et un tas de servitudes royales et urbaines qui donnent des coups de griffe dans l'apanage.

Qu'à cela ne tienne, puisque le sud est verrouillé, on se tournera vers l'ouest, vers la future rue Guynemer. Monsieur, puisque tel est son titre depuis que son frère est roi, doit réserver sur les onze hectares qu'il espère lotir deux hectares pour créer de nouvelles rues. Les ventes traînent, elles ne seront pas terminées à la Révolution, l'argent ne rentre pas, alors que faire quand l'argent ne rentre pas ? Voir encore plus grand, manger d'un plat qui s'appelle la spéculation. On entre là chez Balzac. Fabriquer un deuxième Palais-Royal autour du Luxembourg, un endroit où l'on s'amuse, où l'on joue, où l'on danse ; y créer des boutiques de frivolités, des cafés, un vauxhall, c'est-à-dire un lieu de divertissement organisé autour d'un pavillon de concert, d'un bal en salle ou en plein air. De la musique avant toute chose…

Il s'agit de n'être point
Mélancolique et morose.
La vie est-elle une chose
Grave et réelle à ce point ?[1]

L'anglomanie bat son plein : grottes, ruines, fabriques égayeront les promeneurs. Monsieur envisage même de déménager au Luxembourg la foire Saint-Germain instituée par Louis XI où l'on trouve de tout au lendemain de la Chandeleur, des draps, de l'orfèvrerie allemande, des pâtes épilatoires, des jouets, du savon, des femmes à barbe. Profiter de ce tohu-bohu pour construire de belles maisons de rapport autour de cette notion de

1. Paul Verlaine, *Jadis et naguère.*

« jardin de plaisir » opportunément marié au jardin mi-potager, mi-verger de Marie de Médicis. Offrir enfin à la Rive gauche ce qu'elle n'a pas : un théâtre. C'est pourquoi Monsieur surveille de très près ce qui se passe de l'autre côté de son palais.

Pourquoi croyez-vous que le frère du roi surveille d'aussi près les terrains de l'hôtel de Condé, son vis-à-vis, rue de Vaugirard ? Parce qu'ils lui appartiennent, eux aussi. Vaste ensemble de plusieurs hectares, quand les Condé le quittent pour aller s'installer au palais Bourbon, en 1770, la royauté le rachète. Avec un plan d'urbanisme en vue. Aussi, lorsque Louis XVI le donne en apanage à son frère, huit ans plus tard, est-il grevé de servitudes, notamment celle d'y construire des rues et un théâtre.

Aussi Monsieur s'intéresse-t-il de près au choix des architectes chargés de cette tâche, et c'est grâce à sa protection que MM. Peyre et de Wailly, déjà pressentis sous le marquis de Marigny, obtiennent la commande de cette nouvelle salle du Théâtre Français et, pour en remercier leur bienfaiteur, la rapprocheront « un peu davantage » du palais du Luxembourg afin qu'elle soit « un nouvel agrément pour son habitation ».

Pourtant le comte de Provence n'habite pas le grand palais, il voyage, et devant tant de devis exorbitants, de toits qui fuient, de rentrées d'argent qui fuient aussi, il a loué à Louis-Joseph de Bourbon, prince de Condé, qui en est le propriétaire, le

Petit Luxembourg où il a installé sa maîtresse de vitrine, Anne de Caumont, comtesse de Balbi. Mais sans doute est-ce en compagnie de sa femme, Marie-Joséphine de Savoie, qu'il se rend le 27 avril 1784 dans le nouveau théâtre pour y assister à une première.

La reine et la Cour sont présentes, la salle, dite à l'italienne, pourvue d'un orchestre, est pour la première fois entourée de bancs et les spectateurs habitués jusqu'alors à déambuler trouvent tout drôle d'être obligés de rester assis. Les plis du rideau de scène frémissent car l'auteur de la pièce qu'on va jouer a attendu plus de trois ans l'autorisation de l'y représenter. Son portrait ? Il le brosse lui-même à l'acte V : « Maître ici, valet là, selon qu'il plaît à la fortune ; ambitieux par vanité, laborieux par nécessité, mais paresseux… avec délices ! orateur selon le danger, poète par délassement ; musicien par occasion, amoureux par folles bouffées, j'ai tout vu, tout fait, tout usé[1]. »

Beaumarchais n'en est pas à son coup d'essai, il a dépassé la cinquantaine, aidé les insurgés américains, donné des cours de musique aux filles de Louis XV, enterré Voltaire et Rousseau ; comme eux, il manie l'esprit comme un dard. Sa pièce se nomme *La Folle Journée ou le Mariage de Figaro*. « Il y a de l'écho ici, s'étonne le comte Almaviva en

---

1. Beaumarchais, *La Folle Journée ou Le Mariage de Figaro*.

prenant la main de sa femme déguisée en Suzanne. Il y a de l'écho ici, répète Figaro, son valet. Est-ce ci la journée des tapes ? »

1786 : deux ans plus tard, entendez-vous au Burgtheater de Vienne ces notes de Mozart, acidulées, merveilleuses, comme une aube en avril ? Ce sont celles d'un siècle qui s'écroule.

CHAPITRE VI

Le Petit Palais

Comme il se doit quand l'héritage est conséquent, tout le monde s'est disputé à la mort de Richelieu : une de ses sœurs s'est estimée lésée, un de ses neveux par alliance, et pas le moindre, le Grand Condé, s'en est mêlé et le conflit dure depuis trente ans. La fille de sa sœur Françoise, Marie de Vignerot, joue un rôle clé pour apaiser les esprits, aidée en cela par les exécuteurs testamentaires du cardinal.

Il a beaucoup intrigué pour ses nièces, les mariant à tour de bras ; avec Marie de Vignerot, ce fut un échec. Veuve au bout de deux ans du marquis de Combalet, ayant gardé le mariage en horreur, elle fait le vœu de ne plus y revenir malgré l'insistance de son oncle. De guerre lasse, il lui achète le duché d'Aiguillon et elle hérite à la mort de sa mère du Petit Luxembourg où elle s'installe, laissant le souvenir d'une personne avare et pieuse, fondant des établissements de charité jusqu'au

Québec, qu'on appelle alors la Nouvelle-France, tenant à bout de bras son neveu Richelieu, général des galères, gouverneur du Havre, qui perd toute sa fortune au jeu et ruine sa famille.

Pourtant est-ce à elle qu'est dédiée l'une des pièces les plus fameuses du théâtre français. La première édition du *Cid* paraît au printemps 1637, adressée à Madame de Combalet, la remerciant de la « satisfaction » qu'elle lui a témoignée, des « éloges » dont elle l'a honorée, de sa « générosité qui s'étend utilement » aux auteurs.

Sans doute Madame de Combalet a-t-elle assisté aux premières représentations de cette pièce en compagnie du cardinal, son oncle, sans doute a-t-elle puisé dans la poche de ce dernier quelques libéralités dont elle a gratifié l'auteur qui lui adresse « les marques éternelles » de ce qu'il lui doit et signe « son très humble, très obéissant et très obligé serviteur : Corneille ».

Morte sans enfant, elle laisse le Petit Luxembourg à sa cousine germaine, une autre nièce de Richelieu. Celle-ci porte le ravissant prénom de Claire-Clémence qui s'est perpétué dans la famille dont elle est issue : les Maillé Brézé. Quand il l'a mariée à 5 ans, son oncle visait rien moins que le trône de France. Louis XIII n'avait pas encore d'enfant, Gaston d'Orléans était veuf, le cardinal a donc misé sur le troisième personnage du royaume dans l'ordre de succession : Louis II de Bourbon Condé, premier prince du sang.

L'union n'est pas heureuse, rien ne s'est passé comme prévu. L'époux a pourtant tous les dons qui « captivent », la gloire fond sur lui quand il n'a pas 22 ans. Nommé commandant en chef de l'armée qui doit arrêter les Espagnols sur la frontière est de la France [1], il remporte la bataille de Rocroy, en 1643 ; suivent les victoires de Fribourg, de Nördlingen, la prise de Dunkerque, de Lens. Porté aux nues, devenu le Grand Condé, l'égal d'Alexandre, il incarne la stature même du guerrier. « Une âme extraordinaire », dira de lui Bossuet, son ami, dans son oraison funèbre. Seul le menton fuit dans ce visage valeureux, le corps est athlétique, les yeux, comme ceux des chevaux, voient tout, mais pas toujours juste.

Rentré à Paris pendant la première Fronde, il tourne casaque quelque temps plus tard et, de défenseur du jeune Louis XIV, de sa mère la Régente et de Mazarin, son ministre, qu'il nomme « le faquin écarlate », il devient leur ennemi.

Treize mois d'emprisonnement et la confiscation de son château de Chantilly ne le calment pas. Dès sa sortie du donjon de Vincennes, Condé prend la tête de la Fronde des Princes, réussit à faire

1. La France est prise en tenaille entre les Pays-Bas espagnols, l'actuelle Belgique, et l'Espagne.

déguerpir la royauté de Paris dont il se rend maître, perd la partie, passe au service de l'Espagne, puis finit par renoncer à tirer l'épée contre son pays.

À 38 ans, pardonné par Louis XIV, il retrouve son rang, son château et sans doute sa femme dont la seule vue l'insupporte. Elle lui a pourtant été dévouée pendant son incarcération et lui a donné un fils tout au début de leur mariage.

Les hommes de ce temps sont durs avec les femmes : le batailleur étant toujours absent, la princesse de Condé se serait consolée, dit-on. À la suite d'une rixe entre son valet de pied et son page, un nommé Rabutin, lointain neveu de Madame de Sévigné, tous deux ayant joui, murmure-t-on, des faveurs de la maîtresse de maison, et celle-ci ayant été légèrement blessée à la gorge, le Grand Condé exile sa femme dans la forteresse de Châteauroux, une de ses possessions où il la laissera mourir, vieille pour l'époque et avec le sentiment d'avoir toute sa vie été mal aimée par un mari trop brillant et par un fils ingrat.

Le voici, Henri-Jules de Bourbon Condé, époux d'une princesse palatine qu'il rend aussi malheureuse que sa mère l'a été. Comme son père, il préfère l'Oise à la Seine, laisse sa femme au Petit Luxembourg dont il a hérité. Comme son père, il raffole des fêtes et des bâtiments qu'il ne cesse de consolider, d'enchanter. « Chantilly était ses délices », s'exclame Saint-Simon. Sachant qu'on s'occupe d'elle, la bâtisse est insatiable. Quel travail pourtant avait déjà accompli le Grand Condé !

Méconnaissable cette ancienne forteresse ceinturée de tours et de douves quand elle avait accueilli trois jours durant, au printemps 1671, la Cour et son roi, dix ans après Fouquet à Vaux-le-Vicomte ! Méconnaissable l'eau domestiquée dans le grand canal au bord duquel se promenaient, bras dessus, bras dessous, Madame de Sévigné et Madame de Lafayette ! Les parterres où Mademoiselle de Scudéry, voyant son hôte cueillir des œillets, ses fleurs préférées, le qualifiait de Mars jardinier ! Méconnaissables ces appartements décorés par Mansart où Molière avait créé *Les Précieuses ridicules*, où La Bruyère éduquait le petit-fils du prince et où Vatel régalait sa maison ! Méconnaissable la chapelle où le vainqueur de Rocroy priait à la fin de sa vie, non pas pour gagner des batailles, mais pour ne pas perdre la dernière, celle de la Mort. « Heure attendue, heure désirée, heure de miséricorde et de grâce », s'exclame Bossuet qui ne dit pas un mot de sa femme dans son oraison funèbre et passe vite sur son fils. Pourquoi ?

Parce que Henri-Jules est affligé, dit-on tout haut et tout bas, de lycanthropie – « Tantôt il se croyait un chien, tantôt quelque autre bête dont il imitait les façons [1] » –, une maladie qui le fait se

1. Saint-Simon, *Mémoires*.

prendre pour un animal. Surnommé « Condé le Fol » ou « Le Singe vert », maigre comme un clou, il n'échappe pas à la plume du mémorialiste : « Fils dénaturé, cruel père, mari terrible, maître détestable, pernicieux voisin… »

Il tyrannise sa femme que Saint-Simon qualifie de laide, sotte et un peu bossue, sa perpétuelle victime à qui il fabrique néanmoins dix enfants, termine sa vie anorexique et, pour ne pas manger, prétend qu'il est mort, pour la bonne raison que les morts ne mangent point. « Jamais on ne put lui persuader qu'il vivait, et que par conséquent, il fallait qu'il mangeât. »

Il ne devait qu'au mariage de son fils avec « la bâtarde du roi [1] » d'avoir ses entrées à Versailles et n'avait pas hésité à remettre ça en unissant sa fille « laide jusqu'au dégoût » à son cousin, le duc de Vendôme, arrière-petit-fils d'Henri IV et de Gabrielle d'Estrées, lui aussi un bâtard royal. « Il sentait la honte du double mariage de ses enfants avec ceux du roi ; mais il en avait tiré les avantages », conclut Saint-Simon.

Ainsi le Petit Luxembourg, toujours éclipsé par Chantilly, passe-t-il de génération en génération jusqu'à ce que Louis-Joseph de Bourbon Condé, le septième prince du nom, à la fin du XVIIIe siècle,

1. Mademoiselle de Nantes, une des filles légitimées de Louis XIV et de Madame de Montespan.

le loue au comte de Provence. Il est aussi timide que son ancêtre était extravagant, dépasse en âge toutes les prévisions qu'on pouvait faire sur sa santé fragile, puisqu'il meurt à près de 80 ans en 1818.

Grâce à la vente de son hôtel de la rue de Vaugirard au domaine royal, le nouveau Théâtre Français attire tous les regards. De style néoclassique, campé sur ses colonnes, au rendez-vous de cinq rues, il est le dernier endroit à la mode. On vient y écouter un jeune acteur bouclé, au regard inspiré : Talma. En 1787, dans *Mahomet*, une pièce de Voltaire, il commence à faire courir les foules. À la sortie des représentations, elles vont se délasser dans les jardins du Luxembourg.

Le 11 juillet 1784 [1], par une chaleur étouffante, le public a acheté nombre d'entrées payantes pour assister à l'un des rêves de l'homme depuis qu'il est sur terre : voler. On se bouscule autour d'un ballon fabriqué par deux amateurs, l'abbé Miolan et le graveur François Janinet, qui ont imaginé une machine volante qu'ils entendent diriger à l'aide d'un gouvernail en forme de queue de poisson.

---

1. Les frères Montgolfier avaient réussi l'année précédente la première ascension d'une montgolfière à Annonay, en Ardèche ; le premier vol habité avait eu lieu à Versailles, en septembre 1783, en présence du roi, avec un coq, un canard et un mouton à bord, et la première ascension humaine, en octobre de la même année, à Paris, avec J.-F. Pilâtre de Rozier et le marquis d'Arlandes.

Les dames s'éventent sous les ormes, les enfants se tirent la langue, les heures passent – un ballon, ça prend beaucoup de temps à gonfler et à vérifier. Toujours pas d'envol, nos aérostiers s'affairent, la poussière tourbillonne dans les allées, les visages ruissellent, l'aéronef oscille, on a de plus en plus de mal à retenir au sol la nacelle, soudain l'enveloppe du ballon se déchire, c'est l'explosion.

Paniquée, l'assistance se rue pour sortir du périmètre réservé à la manifestation : chaises renversées, chapeaux de paille piétinés, tempête de jupons, ce tourbillon de fuyards ressemble à celui d'une bande d'étourneaux et ce vol raté à un plafond effondré.

CHAPITRE VII

Un homme clé

Du Directoire il est le seul dont on se souvient : Paul Barras. Il est aussi le seul à être resté directeur du début à la fin de ce drôle de régime qui gouverne la France de 1795 à 1799 et à occuper à ce titre le palais du Luxembourg. Lui, le régicide, chez les rois de France [1], et souhaitant ne jamais les y revoir !

Yeux clairs, cheveux noirs, une tête de méridional gourmand, une bonne tête, diriez-vous, mais ne vous y trompez pas, l'homme est à facettes dans un régime explosif. Il a voté la mort du roi et laissé crever Robespierre, la mâchoire défoncée, qu'il a été chargé d'arrêter ; il est un militaire de l'Ancien Régime, mais aussi un agent de la Terreur à Marseille et à Toulon ; sur les marches de l'église Saint-Roch, à Paris, 300 royalistes ont trouvé la mort sur son

1. Et pas n'importe où dans le palais, dans l'aile ouest, dans les anciens appartements de Marie de Médicis.

ordre. Même s'il a du goût pour les deux sexes dit-on, il a beaucoup, beaucoup besoin des femmes et c'est l'une d'elles, Marie-Joseph-Rose, dite Yéyette[1], qui fera de lui le témoin de son mariage avec le général Bonaparte ; il a aussi beaucoup, beaucoup besoin d'argent pour se laisser convaincre de démissionner de son poste de directeur un certain 19 brumaire an VIII (10 novembre 1799), un jour où les feuilles mortes tourbillonnent dans les jardins du Luxembourg et où il se demande, enfermé dans sa salle de bains, quel sort l'attend. La garde du Directoire – 202 grenadiers à pied et à cheval – a déserté le palais, ses collègues se sont volatilisés, sa maîtresse, Madame Tallien, qu'il a surnommée Tallita, tambourine à sa porte, et cette fois pas pour ce que vous croyez. Avant de quitter ce Luxembourg où il a régné en maître pendant quatre ans, sa pensée se reporte dans le passé, du temps où son pantalon de velours s'arrêtait aux genoux.

Paul de Barras a commencé tôt à bourlinguer : engagé dans l'armée à 16 ans, il est parti deux fois pour les Indes où les Anglais l'ont fait prisonnier ; à son retour de captivité, son navire, le *Sartine*, s'échoue en vue de Marseille, donnant naissance à la fable de la sardine qui a bouché le port. À Paris, Barras s'est retrouvé général de brigade, franc-maçon, de tous les complots, comités, conventions,

1. Bonaparte transformera Marie-Joseph en Joséphine.

élections, guerres et sièges de la Révolution jusqu'à ce 3 novembre 1795 où le voici directeur, habillé de pied en cap dans un costume dessiné par David, et quel pied, et quel cap ! Coiffé d'un bouquet de plumes tricolores, chaussé de souliers à bouffettes [1] pour aller danser.

Car pour danser, on a beaucoup dansé sous le Directoire. « Barras aime le trône pour son velours », disent de lui les Goncourt, et s'il reste aujourd'hui quelque chose de si somptueux au Sénat, tant de rouge, peut-être est-ce au manteau macarat [2] à l'espagnole de Barras qu'on le doit.

Pourtant les bâtiments sont une fois de plus en triste état quand la Révolution finissante en fait le siège exécutif et la résidence obligatoire de ses cinq directeurs et de leur garde. Novembre 1789, la nationalisation des biens du clergé a réussi là où la monarchie s'était cassé les dents depuis près de deux siècles : l'expulsion et le départ des Chartreux, la démolition des murs du couvent et de ses bâtiments. Le rêve de Marie de Médicis d'étendre son jardin vers le sud va enfin pouvoir se réaliser. Dès sa fuite, les biens du comte de Provence ont été placés sous séquestre, seul le jardin reste ouvert où l'on voit « de bons patriotes » narguer « des

1. « Petite houppe de laine ou de soie employée comme ornement », *Larousse*.

2. Rouge aux nuances nacrées, couleur du manteau des directeurs.

groupes de radoteurs en soutane [...] de vieux chevaliers asmatiques, de prestolets[1] parfumés, et de folles qu'ils endoctrinent [...] De manière que la bande imbécile des contre-révolutionnaires se trouve entre deux feux, le père Duchêne d'un côté avec ses foutres et bougres énergiques, et de l'autre l'artillerie[2] ».

Pourquoi l'artillerie ? Parce que la patrie est en danger : le Comité de salut public ordonne la construction d'un atelier de fabrication d'armes dans les espaces verts libérés. Les parterres sont envahis de doryphores, pommes de terre et légumes ayant remplacé fleurs de lys et tulipes, une partie de la pépinière est abandonnée et le jardin devient une sorte de jardin des Oliviers où retentissent les sanglots des familles des prisonniers qui campent jour et nuit au pied de ce Luxembourg où « les filières sanglantes » par lesquelles passe la Révolution sont incarcérées. Vague après vague s'entassent Girondins, Indulgents, victimes et amis de Robespierre ; Vergniaud, Danton, Fabre d'Églantine, Hérault de Séchelles y terminent leur vie, le peintre David est autorisé à y apporter ses pinceaux, Camille Desmoulins guette chaque jour par une lucarne la venue de sa jeune femme et de son fils. « Mon ange, lui écrit-il, un coin de vue sur

1. Qualificatif irrévérencieux de « petit prêtre ».
2. D. Jardillier, *Le Père Duchêne*, *op.cit.*

le Luxembourg me rappelle une foule de souvenirs de nos amours. » Peu de temps avant son incarcération, il a acheté un livre qu'il demande à Lucile de lui apporter, qui roule sur l'immortalité de l'âme. « J'ai besoin de me persuader qu'il y a un Dieu plus juste que les hommes. » Sa femme sera exécutée une semaine après lui : elle a 24 ans, Horace, leur enfant, 2 ans.

Marino, le patron de ce sinistre endroit, est lui-même un sinistre personnage. C'est un tout jeune homme, peintre en porcelaines qu'il vend au Palais-Royal avant que la fièvre révolutionnaire ne s'empare de lui, doublée d'une fièvre policière. À Lyon, en 1792, il s'est fait la main contre les Fédéralistes et le voici l'année suivante à Paris, chargé de la police des prisons et de la surveillance de la moralité publique, ce qui lui confère un pouvoir de vie et de mort sur ses prisonniers et sur ses prisonnières. Dont il abusera à Paris, comme il en a abusé à Lyon, ce qui l'enverra à son tour à la guillotine, après avoir tenté d'assassiner Collot d'Herbois lors d'un défilé. Vêtu d'une chemise rouge destinée aux assassins et aux empoisonneurs selon le code pénal de 1791.

Plus de 3 000 personnes se sont entassées dans ce qu'il appelait lui-même « son magasin de guillotine », lacérant les murs, s'y tapant la tête, les couvrant de graffitis et parfois de poèmes, même si « la république n'a pas besoin de poètes », a décrété

Fouquier-Tinville. Cette phrase, André Chénier l'a payée de sa vie, laissant dire à *La Jeune Captive*, poème composé à la veille de son exécution : « Je ne suis qu'au printemps, je veux voir la moisson, /Et comme le soleil, de saison en saison, /Je veux achever mon année. »

Barras, lui aussi, voudrait bien achever cette année 1795 qui l'a nommé directeur, mais le « vicomte rouge » ne peut décemment pas se loger ni loger le Directoire dans un palais dévasté. Pour résoudre ce problème, le nouvel occupant a besoin de deux aides : un architecte et une maîtresse de maison. Et de s'engouffrer le plus vite possible dans la brèche ouverte par l'expulsion des Chartreux, libérant 26 hectares, en grande partie en cultures.

1795 : la Convention décide d'ouvrir au travers du couvent vidé de ses moines une allée, l'actuelle perspective de l'Observatoire. Deux ans plus tard, le Directoire valide le prolongement de cette avenue et autorise la création de deux nouvelles rues à l'est et à l'ouest[1]. Voici le jardin encadré à peu près comme il l'est de nos jours, mais bouleversé par ces percements et l'expulsion des Chartreux. « Nous vîmes une église dont les toits étaient enfoncés, les plombs des fenêtres arrachés, écrit Chateaubriand dans le *Génie du christianisme*, et les portes fermées

1. Une partie de l'actuel boulevard Saint-Michel et la rue d'Assas.

avec des planches mises debout [...] Nous nous promenâmes longtemps au milieu des pierres sépulcrales de marbre noir semées çà et là sur la terre. »

L'auteur a beau noircir le tableau, celui-ci n'est pas brillant. Pour sauvegarder ce qu'il peut de la pépinière des moines connue de l'Europe entière, Roland, alors ministre de l'Intérieur, a chargé André Thouin, professeur et administrateur du nouveau Muséum d'histoire naturelle, de sauver deux ou trois pieds de chaque espèce cultivée. La longue silhouette du savant vient en voisin du Jardin des Plantes où il loge et où il a appris la botanique sous Jussieu et sous Buffon ; ce travail fait partie d'un vaste programme de conservation de collections scientifiques mentionné dans les statuts du Muséum datant de 1793. Au printemps 1796, le successeur de Roland – celui-ci s'étant donné la mort en s'empalant contre un arbre – ordonne le déménagement de ce qui reste de la pépinière à Sceaux, dans une ancienne propriété des Penthièvre devenue propriété d'État.

Mais comme tout prend du temps et que les décrets deviennent vite des baudruches, l'ancien mur des Chartreux, celui dans lequel Marie de Médicis flanquait des coups de pied, n'est abattu qu'en 1809, et Hervy fils, en allongeant son cou d'escargot, retrouve quand même de beaux restes. Nommé directeur des jardins du Luxembourg, il succède à son père qui avait occupé ce poste depuis 1751. Qui mieux que lui connaît la patience dont a fait preuve son prédécesseur pour se procurer les meilleures espèces ou variétés pendant près d'un demi-siècle ? Son habileté à se servir de toutes les congrégations de Chartreux pour les dénicher ? À vendre au cours de l'été les fruits les plus juteux et les plus chers de Paris ?

D'énormes travaux de terrassement sont entrepris, on replante des arbres à tour de bras, on fait revenir de Sceaux les espèces introuvables, Chaptal charge les préfets de toute la France de collecter dans leur département les cépages de vigne existants. Hervy fils ouvre une école de culture des arbres fruitiers, fait venir de la terre végétale par tombereaux, des centaines d'ouvriers d'ateliers de Charité déblaient et remblaient les terrains. À l'hiver 1803, un terrible ouragan semblable à Lothar, la tempête qui ravagea la France en 1999, flanque ses efforts par terre. Vents soufflant jusqu'à deux cents kilomètres à l'heure, toitures arrachées, arbres explosés : deux hommes côte à côte, ce 23 décembre 1803, regardent ce désastre, les larmes aux yeux.

Le compagnon de Hervy n'est autre que Chalgrin, l'architecte de la résurrection du palais au sortir de la Révolution. Nous l'avons vu à l'œuvre à côté du comte de Provence jusqu'à la fuite de ce dernier le 20 juin 1791, le même jour que celle de la famille royale des Tuileries. Chalgrin a eu la chance de n'être que brièvement emprisonné au Luxembourg tandis que sa femme, descendante du peintre Claude-Joseph Vernet, a été exécutée pendant la Terreur, et le voici chargé après le 18 Brumaire de réparer les désolations révolutionnaires et de repenser les bâtiments afin d'y installer le Directoire. Une tâche qu'il poursuivra jusqu'à sa mort et qui bouleverse de fond en comble l'antique demeure de Marie de Médicis.

Ce n'est plus un prince que le palais doit accueillir, mais les représentants du peuple, ceux que Boissy d'Anglas baptise avec emphase « l'imagination de la République » et qui siégeront au Conseil des Cinq-Cents, une des deux assemblées législatives du Directoire.

Pour eux, au cœur de l'édifice, un hémicycle ; pour eux encore, à la place de la galerie des Rubens, dans l'aile ouest, un grand escalier d'honneur d'une seule volée dont je défie quiconque de monter les marches quatre à quatre ! À la place de l'escalier central de Marie de Médicis qu'on démolit, un vestibule à colonnes ouvre sur le jardin.

Celui-ci s'embourgeoise : au lieu de murs, des talus engazonnés soutiennent les terrasses, de la pelouse aplatit les arabesques de buis, le bassin central devient rectangulaire, le côté baroque du jardin va s'estompant, tandis que les fontaines retrouvent leur gaieté, les allées se meublent de vases et de bancs provenant de la démolition des Chartreux, de caisses d'orangers et de copies d'œuvres d'art saisies à la Révolution. *L'hiver*, *Diane Chasseresse*, *Flore*, *La Vénus au dauphin* écoutent les fredons de musique qui s'échappent à tout propos des fenêtres du palais.

Celui-ci sert aux cérémonies officielles du Directoire, mais aussi aux cérémonies moins officielles du directeur. Et c'est là que le goût des femmes de Barras en fait un homme clé. Non pas la sienne qu'on ne verra jamais, celles des autres dont il est tout à la fois le protecteur, l'amant, le complice, le souteneur : Sophie Arnould, la cantatrice Thérèse Cabarrus, la belle Espagnole, trois fois mariée, onze fois mère, changeant quatre fois de nationalité, qui finira sa vie en Belgique princesse de Caraman Chimay, et dont Napoléon qui savait de quoi il parlait disait : « Deux ou trois maris et des enfants de tout le monde » ; Joséphine de Beauharnais enfin, dont on dit qu'elle et Madame Tallien se seraient rencontrées à la prison de La Force, près des Carmes, où elles attendaient leur dernière heure.

« Je meurs d'appartenir à un lâche », disait Thérèse Cabarrus à la veille d'être exécutée à Tallien qui n'était pas encore son mari pour le presser d'agir et de faire tomber Robespierre. « Je meurs d'appartenir à un guillotiné », aurait pu dire en écho Joséphine, d'Alexandre de Beauharnais, son mari, exécuté le 23 juillet 1794. Quatre mois de prison, elle l'a échappé belle notre créole dont le directeur, et pas que lui, respire « avec ivresse et lente gourmandise » l'odeur de son sein chaleureux.

Elle vient en voisine de la rue de Tournon où elle habite, elle tourne si joliment sa traîne pour gravir les marches du Luxembourg où Thérèse Cabarrus l'accueille en maîtresse de maison, la baise au front, elle enlace Juliette Récamier. On les a surnommées Les Merveilleuses ces dames à la peau électrisable qu'un petit militaire dévore de ses yeux cernés. Il court, il court, ce furet, bientôt son bois joli s'appellera l'Italie, l'Égypte, et Barras, ce 10 novembre 1799, abandonné de tous, sur le point de quitter son Luxembourg, regrette, et pas qu'un peu, beaucoup, de l'avoir présenté quatre ans plus tôt à Joséphine. Son protégé ! Qu'il a connu et aidé à Marseille, au siège de Toulon, pendant la campagne d'Italie ! Qu'il a marié, lui servant de témoin, et qui l'oblige à décamper ce 19 brumaire, après tant de fêtes somptueuses, d'extravagances, d'enfants naturels [1] !

Le voici rejeté dans la catégorie des fantômes, le siècle se termine, aucun de ses chemins les plus tortueux que Barras n'ait emprunté. Il résidera au château de Grosbois qui a appartenu à sa maîtresse à qui il l'achète en 1797. Il ne sera même pas invité

1. Dont un fils mort-né avec Madame Tallien.

au couronnement de l'empereur qui a lieu dans son ancien palais le 13 décembre 1805, il ne gravira pas le nouvel escalier de Chalgrin dans ses souliers à bouffettes, il ne reverra pas Joséphine aux pieds de Napoléon, comme une fiancée toute neuve…

CHAPITRE VIII

Les parlementaires s'installent

On les imagine dans leurs fauteuils en velours rouge s'assoupissant après le déjeuner, Bonaparte a exigé qu'ils n'aient pas moins de 40 ans – lui en a 30 quand il a fait rédiger la Constitution de l'an VIII en onze jours et donné à la seconde chambre le nom rassurant de Sénat Conservateur. Le Premier Consul la veut honorée et à sa botte et l'installe au palais du Luxembourg : c'en est fini des rois, et pour toujours.

Berthollet, Monge, Kellerman, Bougainville, Daubenton font partie de la première fournée des sénateurs. Ils n'ont pas chômé en Italie ou en Égypte où ils ont accompagné le général, lorsqu'ils ont accompli le tour du monde ou bataillé à ses côtés, tous sont dévoués à sa cause. Bonaparte en a choisi 60 sur 60, ils sont inamovibles, les séances du Sénat ne sont pas publiques, mais on n'a lésiné ni sur le cadre ni sur le costume ni sur le traitement. Chalgrin a été prié de hâter ses travaux de modernisation du palais et, après lui, Baraguay, son successeur, et les jardins sont replantés avec de très hauts sujets pour effacer les traces de l'ouragan.

Et puisqu'il faut aller vite, dès 1802, le Sénat Conservateur, jusque-là chargé du contrôle constitutionnel, est autorisé à légiférer par sénatus-consulte : amnistie des émigrés, Premier Consul nommé à vie, rétablissement du calendrier grégorien, tout ce qui reste en travers de la gorge de l'opposition passe par la Chambre Haute.

Et c'est encore au Sénat, le 18 mai 1804, que Bonaparte doit de recevoir des mains d'une délégation de sénateurs ceints de leur écharpe tricolore venue le trouver à Saint-Cloud, le sénatus-consulte qui le proclame empereur des Français. Joséphine, à ses côtés, l'avait supplié : « Je t'en prie, Napoléon, ne te fais pas roi. » Huit ans auparavant, lors de leur mariage civil, le 19 ventôse an IV, avec Barras pour témoin, il lui avait donné une bague en émail noir sur laquelle était gravée cette phrase prémonitoire : « Au destin »...

Où donc proclamer l'empire dans toute sa pompe, si ce n'est au palais du Luxembourg où l'on installe un superbe trône frappé d'un N et surmonté d'une couronne impériale ? Par un décret du 1er mars 1808, les sénateurs ont rang de comtes. Joseph, le frère de l'empereur, siège à côté de Fouché, Duroc, Caulaincourt. On décore le grand escalier de drapeaux pris à l'ennemi, on crée dans ses rangs des super-préfets [1], avec double traitement, château ou évêché comme logement de fonction, rien n'y fait : lorsque la marmite napoléonienne se met à bouillir, quand Paris tombe aux mains de ses ennemis, le 31 mars 1814, Talleyrand, de manière tout à fait illégale, convoque les sénateurs et obtient d'eux la nomination d'un gouvernement provisoire dont il est le chef. Le lendemain, le Sénat Conservateur proclame la déchéance de l'empire.

Qui t'a fait roi, qui t'a fait comte ? Le débat va beaucoup agiter la Restauration qui confirme la présence parlementaire au Luxembourg : celle-ci se nommera désormais la Chambre des Pairs et c'est un fin connaisseur des lieux qui l'y installe, leur ancien propriétaire, le comte de Provence, roi de France à 59 ans sous le nom de Louis XVIII.

Pas pour longtemps : le retour de Napoléon de l'île d'Elbe et les Cent-Jours entraînent résistances, trahisons, volte-face, que le maréchal Ney paye de sa vie, une fois l'ordre royal rétabli.

À cette occasion, le palais Médicis est transformé en palais de justice. Ney est le traître idéal : il a promis à Louis XVIII de ramener l'usurpateur dans une cage en fer ; à Lons-le-Saulnier, il est tombé dans ses bras et c'est sous l'inculpation de haute

---

1. Créé en 1803, le système des sénatoreries est attribué à 36 sénateurs.

trahison que comparait le prince de la Moskowa, duc d'Elchingen, ce 4 décembre 1815.

Instaurée par la charte royale de juin 1814, la Chambre des pairs peut se transformer en Cour des Pairs jugeant les attentats à la sûreté de l'État ou les affaires criminelles impliquant ses membres. Ils sont tous là pour la première fois devant ce maréchal couvert de gloire, qualifié de Brave des braves par son empereur, ce Lorrain aux yeux bleus, surnommé « Crâne de tomate » par ses soldats, leur criant à tue-tête à chaque assaut : « Direction le trou du cul de mon cheval, chargez ! » Il va avoir 46 ans, ses quatre fils ne l'ont guère vu, il a été de toutes les campagnes, de toutes les victoires, le dernier à protéger les débris de l'armée impériale lors de la retraite de Russie, mais aussi le premier des maréchaux à abandonner Napoléon après la capitulation de Paris. Louis XVIII l'a aussitôt nommé commandant en chef de la cavalerie de France, gouverneur de la 6e division militaire. Rien n'y a fait, le 15 mars 1815, il a fait placarder à Lons-le-Saulnier la déclaration suivante : « Soldats ! La cause des Bourbons est à jamais perdue. »

Deux jours de procès, on lui a donné le choix entre le conseil de guerre et la Cour des Pairs, il a choisi cette dernière dont il est membre – Talleyrand s'est défilé, ne se sentant pas l'âme d'un justicier, et voici Ney condamné à mort, dos au mur, ce 7 décembre 1815, en habit civil, face au peloton d'exécution. Fusillé ce chercheur d'infini ! La coutume veut que la dépouille reste seule pendant quinze minutes et le corps criblé de balles du maréchal gît face contre terre sans que personne ose l'approcher au bout de cette avenue de l'Observatoire tout juste remblayée. Bien différent de cette statue de Rude représentant un Ney glorieux, sabre au clair, qu'on peut y voir aujourd'hui !

Qui a contresigné les factures de ce procès ? Celles des maçons, serruriers, imprimeurs, traiteurs, factures qui seront plus tard adressées à la famille ? Un dénommé Joseph-François Baudelaire, père du poète. Son fils a son buste dans les jardins du Luxembourg, tout le monde a entendu parler de ses démêlés avec son beau-père, le général Aupick, mais qui connaît l'auteur de ses jours et que fait-il à la Chambre des Pairs ? Tout simplement, il y travaille : il y est entré en 1800 pour gagner sa croûte et parce que le père du jeune Choiseul Praslin dont il a été le précepteur l'y a introduit.

François Baudelaire a été l'un de ces millions de Français dont la Révolution a bouleversé la vie. Le 29 brumaire an II (19 novembre 1793), il « a abdiqué ses fonctions de ministre du Culte catholique », et Balzac a beau dire qu'un curé reste toujours un curé, son retour à la vie civile ne semble pas lui avoir posé de problèmes particuliers, si ce n'est financiers. Il s'est marié deux fois, chacune de ses unions lui a donné un fils, et la famille Choiseul

Praslin ne paraît pas lui en avoir tenu rigueur. Au contraire, elle a envers lui une sérieuse dette de reconnaissance : en 1793, le duc a été arrêté, transféré à la prison du Bonnet Rouge, rue de Sèvres, où sa mère et sa femme l'ont rejoint. Pendant ce temps, François Baudelaire qui se déclare peintre le jour de son mariage veille sur ses deux élèves et, l'argent manquant, donne des leçons de dessin et de gouache pour faire vivre la maison en ces temps difficiles. Le duc ne l'oubliera pas : une fois libéré et nommé sénateur de l'empire, en 1800, il fait embaucher son bienfaiteur au Sénat comme « secrétaire particulier de la commission administrative », puis, trois ans plus tard, comme « chef des bureaux de la Préture ».

Auparavant, depuis que Félix de Choiseul Praslin, son pupille, est entré dans la toute nouvelle École polytechnique [1], qui n'est pas encore une école militaire, François Baudelaire s'est marié, a eu un fils ; vivotant de sa peinture, il cherche un peu partout un emploi et, en 1798, il décroche celui de « commissaire-adjoint au triage des livres des bibliothèques de couvents, des émigrés et des condamnés » qui le fait à peine subvenir aux besoins de sa famille. Les livres classés comme « inutiles » sont livrés à la Direction de l'Artillerie

1. Fondée en 1794 par la Convention, l'école d'abord appelée École centrale des Travaux publics est renommée l'année suivante École polytechnique.

pour en faire des gargousses[1], les autres catalogués pour être attribués aux bibliothèques publiques existantes ou à venir.

L'embauche au Sénat, grâce à son protecteur, rehausse sérieusement son train de vie : il y restera dix-sept ans, ce qui lui permet de se retirer en 1817 avec une pension de 4 000 francs et, deux ans après, de se remarier avec Caroline Dufaÿs, de trente-quatre ans plus jeune que lui, et d'avoir à nouveau un fils. Charles Baudelaire a conservé, semble-t-il, de bons souvenirs de ce vieux papa qui l'emmenait se promener au Luxembourg, lui montrant les fenêtres de ses anciens bureaux sur lesquels règne désormais en maître le duc Decazes, le grand référendaire.

Elie Decazes est beau, Elie Decazes a été le favori de ce souverain sans descendance et sans femme[2], entretenant sa cour dans une atmosphère « d'anarchie paternelle » ; un souverain qui doit son trône à l'Europe, surveillé de très près par les Alliés, au sujet duquel Napoléon écrit : « Se fait-il dans le cœur des souverains, un vide qu'ils remplissent avec le premier objet qu'ils trouvent ? »

Elie Decazes a été juge, avocat, bonapartiste, franc-maçon, préfet de police sous la première Restauration ; il est resté fidèle à la monarchie sous

1. Enveloppe d'une charge propulsive d'artillerie.

2. Marie-Joséphine de Savoie, épouse de Louis XVIII, est morte en exil en Angleterre, en 1810.

les Cent-Jours. Au retour de son maître, et avec son appui, il a essayé tant bien que mal de faire cohabiter l'avant et l'après-Révolution. Cette politique, comme il se doit, a mécontenté tout le monde et l'assassinat du duc de Berry[1] par Louvel, un ouvrier sellier qui qualifie le retour de la monarchie d'insupportable, met le point final à sa carrière ministérielle.

Fait duc, avec ces curieuses armoiries « D'argent à trois têtes de corbeau arrachées de sable », ayant donné son nom à Decazeville qu'il a fondée sur ses deniers pour témoigner son attachement au charbon et au fer de l'Aveyron, il s'est installé au Petit Luxembourg où il se partage les rôles avec sa femme : la duchesse élève des vaches et construit une orangerie, lui pourvoit à la vie quotidienne de 200 pairs de France, cette fois habillés de bleu et de blanc, qui siègent au palais.

Ils se nomment Chateaubriand, Talleyrand, mais aussi, y siégeant de droit, Louis-Philippe d'Orléans, futur roi des Français, Boissy d'Anglas, Kellermann, Berthier, Davout, La Tour-Maubourg, Rapp. L'élection de l'abbé Grégoire en 1819 a fait scandale : évêque constitutionnel et premier prêtre jureur, pourfendeur de l'esclavage, soutien des sans-culottes et des Noirs, député à la Convention,

1. Deuxième fils du comte d'Artois, futur Charles X, il est le seul à cette date à assurer une descendance aux Bourbons.

plus ou moins régicide, mais protecteur de la basilique Saint-Denis contre le « vandalisme », mot qu'il inventa en disant : « Je créai le mot pour tuer la chose », l'un des cinq sénateurs à s'être opposé à l'institution de l'empire, il revient à la Chambre Haute à la faveur d'élections partielles. Chateaubriand accuse ses électeurs d'avoir « envoyé à Louis XVIII le juge de Louis XVI ». Exclu deux mois plus tard du palais du Luxembourg, il attendra cent cinquante-huit ans sa panthéonisation à l'occasion du bicentenaire de la Révolution française en 1989.

Les années passent, les monarchies se succèdent, les anciennes casernes qui encombrent encore les lieux sont démolies, on pose une grille rue de Vaugirard, mettant fin à ce coin sans protection qui sert depuis des lustres de champ d'épandage ; un musée a été ouvert en 1817, qui n'a rien à voir avec celui du siècle précédent, où l'on court voir chaque année ces Salons que Charles Baudelaire qualifiera d'« utiles guide-ânes qu'on nomme des comptes rendus ».

Louis Alexandre Hardy, le neveu d'Hervy, l'ancien directeur des jardins, reprend une partie de l'ancienne pépinière pour y créer une collection de roses de Chine et de dahlias, y élève des vers à soie, et toute la littérature contemporaine s'y promène.

Lamartine y recherche un muret pour s'assurer que le soleil de tant de printemps et la pluie de tant d'hivers n'y ont pas effacé « toutes ses larmes d'enfant », Gérard de Nerval y voit passer la jeune fille « Vive et preste comme un oiseau/ À la main une fleur qui brille,/ À la bouche un refrain nouveau », là même où André Chénier mourait guillotiné il y a quelques années ; Rubempré y fait la connaissance d'Arthez et de Lousteau, Musset y songe à sa *Confession d'un enfant du siècle* et le grand référendaire s'offusque de « la honte de ce jardin » et du « mauvais goût de ces nus ».

C'est qu'on devient pudibond sous Louis-Philippe. Les « Monsieur le ministre », « Monsieur le marquis » ont remplacé depuis longtemps les en-têtes des lettres adressées naguère au « citoyen-directeur » et signées « Salut et fraternité ». Balzac qualifie le Luxembourg d'« Elysée des goutteux », de « patrie des nourrices », la presse déplore qu'« on y montre aux jeunes filles des choses qu'elles ne doivent connaître qu'avec le sacrement »... Quelles choses ? « Ces hommes nus de tous les âges [qui] montrent ce que c'est qu'un jeune mari et un vieil époux. »

Qu'à cela ne tienne : le marbre a d'autres veines.

CHAPITRE IX

Entrée de ces dames au jardin

« Ces dames de l'ancienne France qui s'élèvent toutes blanches sous les arbres [1] » ont fait couler beaucoup d'encre. Disposées en demi-cercle sur les terrasses qui entourent le bassin, le nez cassé de l'une, les tresses rétrogrades de l'autre, ont de quoi faire sourire ; un pigeon posé sur la couronne de la troisième sommeille comme sommeillent les pigeons, d'un œil sans confiance. Juchées sur un socle identique, semblant chercher leur propre corps qu'une époque sans imagination ne leur a pas donné, elles n'obéissent même pas à un projet initial.

Tout au moins au début de leur existence et bien que Marius se cache derrière l'une d'elles pour épier Cosette. « Depuis plus d'un an, Marius remarquait dans une allée déserte du Luxembourg »… Il fait le tour du bassin, considère les cygnes, demeure en

1. Anatole France, *Le Crime de Sylvestre Bonnard.*

contemplation devant une statue qui a la tête toute noire de moisissure et s'assoit toujours à la même place sans savoir pourquoi. « Arrivé là, il ne remuait plus. » Un jour, Cosette vient vers lui : « C'en était fait. Marius aimait une femme. Sa destinée entrait dans l'inconnu. »

Marius, c'est un peu Victor Hugo. Quand l'auteur des *Misérables* hante le Luxembourg pour y apercevoir Adèle, venant en voisin de la rue des Feuillantines, il a 19 ans et ces statues n'existent pas.

Leur naissance n'obéit ni à une conception d'ensemble ni au choix délibéré d'un sexe ou d'une fonction, mais tout simplement à une première commande de quatre statues destinées à remédier à « l'état de mutilation irréparable des autres » constaté par le grand référendaire. Le comte Duchâtel, ministre de l'Intérieur de Louis-Philippe, chargé des Beaux-Arts, et qui s'y intéresse beaucoup, approuve et signe, et *Velléda contemplant la demeure d'Eudore* fait son entrée dans les jardins du Luxembourg. Non sans polémique. Chateaubriand, au début de ce siècle, a célébré dans *Les Martyrs* cette prophétesse gauloise, amoureuse d'un chrétien. La voici qualifiée à son apparition de « bayadère grassouillette » par *Le Journal des débats*, cependant que ses « yeux de gazelle » enchantent *Le Charivari*. Sculptée par Hippolyte Maindron, élève de David d'Angers, elle rompt avec la tradition du décor mythologique qui régnait jusqu'alors dans les jardins et remporte un énorme succès.

Louis-Philippe est à la tête du royaume des Français. Héritier de la branche cadette des Bourbons, descendant d'une « bâtarde » de Louis XIV, à lui de régler ses comptes avec la branche aînée, d'accéder à la pleine et entière souveraineté. D'être enfin roi. Son père, Philippe-Égalité, a voté la mort de son cousin Louis XVI à qui il n'a pas survécu un an [1] ; lui va prendre sa revanche d'une manière plus pacifique. Parmi les reines de France dont il commande les statues pour orner les jardins du Luxembourg, continuant ainsi leur remplacement et donnant au projet une signification iconographique, pas une seule ne représentera les épouses des derniers rois Bourbon. On honorera en revanche la Grande Mademoiselle, sa tempétueuse ancêtre et Valentine Visconti, duchesse d'Orléans, mère de Charles d'Orléans, le poète. « Le temps a laissé son manteau de vent, de froidure et de pluie »...

Le ministre et le grand référendaire sont chargés du suivi de cette commande qui fait pendant à celle passée une dizaine d'années auparavant de huit héros de l'Antiquité pour le jardin des Tuileries.

---

1. Le premier a été guillotiné le 21 janvier 1793, le second le 6 novembre.

Elle s'effectuera en deux temps, de 1843 à 1846, devenant historique et nationale, effaçant toute trace du « mauvais goût des nus ».

Le roi a des chantiers partout, on le présente comme un maniaque de la truelle, les pieds blancs de plâtre, ressortant du Louvre où il expose sa célèbre galerie de peintres espagnols, du Palais-Royal, de Saint-Cloud et surtout de Versailles où il s'est rendu 398 fois et vient de terminer la résurrection du château [1] consacré surtout pas à la branche aînée, mais « à toutes les gloires de la France ».

Les sculpteurs ont été les parents pauvres du chantier, tapissiers, staffeurs, ébénistes et surtout peintres en ayant eu la part belle. Pour cette catégorie d'artistes crevant souvent la dalle, l'éclosion des reines de France et des femmes illustres est une aubaine. Pour obtenir une commande, ils remuent ciel et terre, et surtout leur représentant à la Chambre des pairs à qui ils adressent des appels pathétiques, lui demandent d'intervenir pour que des acomptes leur soient versés, pour choisir leur marbre et que ce ne soit pas l'État qui s'en charge, pour hâter l'examen de leur modèle en plâtre exigé par les autorités.

Le cadre de la commande est en effet très strict : 20 sculpteurs sont choisis pour exécuter 20 œuvres qui seront érigées sur un socle uniforme de

1. Inauguration le 10 juin 1837 des Galeries Historiques.

2,30 mètres de hauteur ; les statues doivent mesurer une taille supérieure à un tiers de leur grandeur nature, toutes seront payées au même prix, 12 000 francs, exécutées dans un marbre choisi par l'administration (sauf exception) chez les grands marbriers de l'époque, les Établissements Dervillé, par exemple, qui l'importent de Carrare, mais aussi dans les carrières de Saint-Béat, dans les Pyrénées, pour faire travailler le « made in France ». Sujets, délais, dimensions, enlèvements, à-valoir, le tout est minutieusement contrôlé par M. de Gisors, l'architecte en chef du palais, qui prend avis du grand référendaire et de M. Cavé, le directeur, chargé de trier et éventuellement de décourager une foule de recommandations. « M'en reparler », « Répondez que le ministre n'a pas de fonds actuellement », etc.

« Apprendre l'histoire aux promeneurs », l'imposer comme modèle, la graver dans le marbre : voici le but poursuivi. Toutefois neuf statues ne sont pas des têtes couronnées, telle sainte Geneviève, la patronne de Paris, de Nanterre et des gendarmes, dont les reliques sont conservées non loin de là, à l'église Saint-Étienne-du-Mont, Laure de Noves, rencontrée par Pétrarque en Avignon, le jour du Vendredi saint 1327, qui conçut pour cette mère de onze enfants un amour fou, ou Clémence Isaure, la Toulousaine, fondatrice de la célèbre académie des Jeux floraux, dont on doute qu'elle ait même existé.

Ses prix sont représentés par une fleur : l'amarante, la violette, le souci, le lys, l'églantine. Un dénommé Fabre, auteur de la célèbre chanson : « Il pleut, il pleut bergère », toulousain lui-même, obtient un lys d'argent pour un sonnet à la Vierge en 1771, mais Fabre de Lys ne sonnant pas bien, il préféra s'appeler Fabre d'Églantine, inventa avec David et Chénier le calendrier révolutionnaire en vigueur jusqu'en 1806, et fut emprisonné derrière ce jardin où sa protectrice se repose maintenant accoudée à un tronc d'arbre, les jambes croisées. Sous le crayon de Paul Cézanne qui en dessinera plus tard deux esquisses, la statue paraît plus élégante que son modèle du Luxembourg, œuvre d'Auguste Préault « l'éternel refusé » des Salons, l'artiste provocateur affichant son goût pour le laid, comme Baudelaire pour le mal.

« Statues parisianisées », soupire ce dernier devant l'exposition du Luxembourg, statues « fonctionnarisées », dirions-nous aujourd'hui, qui néanmoins font jaser. « Vingt femmes maigres », déplore Théodore de Banville. Caillouette, qui a reçu la commande de la maîtresse des lieux, Marie de Médicis, voit sa sculpture qualifiée d'une « insignifiance parfaite ».

Pris individuellement, leurs auteurs ne sont pourtant pas intéressants : parisiens ou provinciaux, d'origine modeste ou pleins aux assignats comme

Jacques-Edouard Gatteaux[1], rarement autodidacte comme J.-J. Feuchère, ils ont suivi en général un parcours similaire : école des Beaux-Arts, prix de Rome, expositions dans les Salons. Ainsi Auguste Dumont, auteur de Blanche de Castille, l'est aussi du génie de la Liberté qui couronne la colonne de Juillet et brille de tout son or, place de la Bastille ; Eugène-André Oudiné, sculpteur de la reine Berthe, mère de Charlemagne, surnommée au Moyen Âge « Berthe au pied d'oue (oie) » et plus tard Berthe au grand pied, est graveur officiel au ministère des Finances et auteur de la pièce de 5 francs en 1849 et 1850, en argent, à la tête de Cérès, qui remplace l'écu de la Seconde République.

Une deuxième salve de commandes intervient en 1845-1846, huit statues dont celle de Jeanne d'Arc attribuée à un Bourguignon célèbre, François Rude, dont l'atelier, rue d'Enfer, est tout proche du Luxembourg, Jeanne d'Arc qui n'y restera pas après les bombardements de la Commune et sera transportée au Louvre. Là encore, les critiques sont plutôt mitigées : « Ces majestueux éteignoirs », dit-on ; Huysmans compare le sceptre d'Anne d'Autriche à

1. Fils d'un graveur spécialisé dans la fabrication des assignats, mandats territoriaux et autres papiers judiciaires, il hérite d'une grosse fortune et ne concourt pour obtenir la statue d'Anne de Beaujeu que dans le but de préparer sa candidature à l'Institut où il entrera en 1845.

un gratte-dos, les grands doigts « gonflés et mous » d'Anne de Bretagne à des boudins blancs et finit par lui trouver l'air d'« une marinière qui va haler une barque ».

« Bobones de maison » ou pas, la Seconde République honorera quand même la fin de la commande. Aux termes de « Je verrai avec une véritable satisfaction », ou « avec l'intérêt particulier que je porte », ont à nouveau succédé les appels plus directs au « citoyen-ministre » (Ledru-Rollin). Clésinger, un temps gendre de George Sand[1], Rastignac de 32 ans, républicain en 1848, puis farouche partisan du prince-président, héritera de la commande de Louise de Savoie, mère de François Ier. Juchée sur le piédestal destiné à Jeanne d'Arc, Marguerite d'Anjou est la dernière de la série, la seule à serrer dans ses bras un second personnage, son fils Édouard ; héroïne de la guerre des Deux-Roses, elle s'est qualifiée elle-même en mourant de « la plus malheureuse des reines, des épouses et des mères ».

« Pourquoi la sculpture est-elle ennuyeuse ? », se demande Charles Baudelaire qui la traite « d'art des Caraïbes ». Pourquoi, malgré le désir de leurs commanditaires, reines et femmes illustres du

1. Il avait épousé Solange Dudevant, sa fille, après avoir un temps partagé avec Baudelaire les faveurs d'Apollonie Sabatier, leur « muse ». Ils se sont séparés après la mort en bas âge de leurs deux fillettes.

Luxembourg ressemblent-elles à des troncs plantés, comme dirait le poète ? À la demande de sa mère, on a doté ce dernier d'un conseil judiciaire où siège, entre autres, Félix de Choiseul Praslin, le pupille de son père. Pourquoi ce conseil judiciaire ? Le jeune homme qu'on avait expédié aux Indes n'y est jamais arrivé ; de retour à Paris, il n'a pas mis deux ans à claquer la moitié de son héritage paternel et proclame à tout vent qu'il se refuse à devenir « un homme utile ».

« Du haut de sa solitude, encombrée de paperasses, pavée de bouquins et peuplée de ses rêves, Samuel apercevait souvent, se promenant dans une allée du Luxembourg, une forme et une figure qu'il avait aimées en province – à l'âge où l'on aime d'amour », écrit-il dans *La Fanfarlo*[1], nouvelle dans laquelle il brosse son autoportrait à 26 ans.

Il n'est pas le seul à déambuler dans le Luxembourg, dès 1842 un kiosque à journaux y abrite les lecteurs du *Charivari* qui se délectent des caricatures de Daumier ; des admirateurs de sainte Clotilde, la deuxième épouse de Clovis, celle qui le convertit au christianisme[2], trouvent à sa statue « l'air ardent et inspiré », des élèves-jardiniers s'initient à la conduite des arbres fruitiers en U, simple et double, en palmette, en cordon.

1. 1847.

2. Elle est aussi la patronne de l'Aviation légère de l'armée de terre.

Nombreux sont les nostalgiques de la pépinière raccourcie par les rues percées, retirée de sa profondeur par le bruit de la circulation. « Quel sauvage, étrange et délicieux paradis on a détruit là ! regrette Théodore de Banville [...] C'était un pêle-mêle de tout, arbres, fleurs, labyrinthes, collines et descentes [...] Cela tenait du coin de forêt et du jardin de province [...] Il y avait aussi un rosier célèbre [...], le tronc noueux, rugueux, tourmenté, énorme, [...] bossu et farouche comme celui d'un grenadier [dont] les innombrables branches, trop chargées de fleurs, précipitaient une avalanche de roses vermeilles et rougissantes jusque sur le sol. [...] Cet arbre illustre, quand il fallut l'arracher pour la transformation du jardin, fut pleuré comme un aïeul[1]. »

Comparé à la sécheresse du jardin des Tuileries, à son classicisme, on se régale au Luxembourg de la vue d'un « savant et féroce arboriculteur » qui met un soin infini à rattacher ses pommiers, d'un professeur du Muséum voisin, transformé en apiculteur, qui enseigne à ses jeunes élèves, coiffé « d'un immense chapeau de paille autour duquel volaient et bourdonnaient familièrement les mouches d'or » l'art de lever le miel, de la vision de la duchesse Decazes flattant l'encolure de ses vaches laitières, de « ces petites émeutes de poussière » propres à tous

1. Théodore de Banville, *Mes souvenirs*, Paris, G. Charpentier, 1882, cité par Dominique Jardillier, *op.cit.*

les jardins publics et propres surtout aux colossaux travaux d'agrandissement que poursuit son mari.

« Le Luxembourg n'appartient ni à la Hollande, ni à la Belgique, ni à la France, ni même à la ville de Paris, se moque *Le Charivari*. Le Luxembourg avec ses dépendances consistant en une Chambre des pairs assez mal meublée est [...] la propriété particulière de M. le duc Decazes qu'il serait plus juste d'appeler duc de Luxembourg[1]. »

Mal meublée la Chambre ? Mal logés les pairs ? Un mois après sa prise de pouvoir, Louis-Philippe a modifié dans un sens constitutionnel la Chartre octroyée par Louis XVIII, vieille de seize ans : toutes les nominations effectuées sous Charles X sont annulées, la pairie n'est plus héréditaire, les membres de la Chambre sont nommés par le pouvoir en nombre illimité.

Amputée de 175 pairs qui ont refusé de prêter serment au nouveau « roi-citoyen », la place est libre et le moment venu d'y faire réaliser des travaux. Ceux de ses membres qui y sont restés sont vieux, donc, par définition, ronchons, les nouveaux venus, magistrats, conseillers d'État ou ambassadeurs n'ont pas encore leur mot à dire. Victor Hugo y entre en 1845, il y verra beaucoup de choses et beaucoup de transformations. Alphonse de Gisors, l'architecte en chef du palais, préside à sa métamorphose.

1. 11 novembre 1844.

Formé par Charles Percier, nommé à ce poste à 39 ans, il connaît par cœur les lieux – lieu de discours, lieu d'apparat, lieu de justice – qui craquent de partout. On est loin des 60 premiers sénateurs inamovibles du Consulat, ces messieurs vont atteindre le nombre faramineux de 380 et désormais les séances sont publiques.

Il faut donc reconsidérer le palais de fond en comble et, pour commencer, agrandir l'hémicycle : quatre ans de plans, cinq ans de travaux (1836-1841) pour y parvenir ; les statues de Charlemagne et de Saint Louis et les bustes des maréchaux du Premier Empire surveilleront le dos des nouveaux venus ; le doter d'une nouvelle bibliothèque au premier étage. Qu'à cela ne tienne, Alphonse de Gisors avance de 31 mètres – rien que cela – la façade sur le jardin, allonge les deux ailes et confie à Delacroix la réalisation de sa coupole, inspirée du chant IV de *L'Enfer* de Dante ; elle s'effondrera vingt ans plus tard et un des élèves du maître [1] sera chargé d'en recoller les morceaux.

Pour s'y recueillir, on réaménage au rez-de-chaussée la chapelle. Il faut enfin juger des prisonniers politiques, par là tout a commencé car on s'est aperçu, à cette occasion, les procès étant publics, que la salle des séances n'y suffirait pas.

1. Pierre Andrieu.

Qui juge-t-on pour que le ministre de l'Intérieur, Adolphe Thiers, exige qu'une salle provisoire soit construite en trois mois, même de bric et de broc, c'est-à-dire en planches, pour y accueillir le plus grand procès public tenu au Luxembourg depuis la Révolution ?

CHAPITRE X

Foule dans les tribunes

« Le gouvernement de 1830 eut tout de suite la vie dure. Il dut, né d'hier, combattre aujourd'hui [1]. » Hier et aujourd'hui vont se retrouver jugés à intervalles irréguliers dans ce Luxembourg transformé en prison où l'on ôte aux prévenus canifs et rasoirs et où on les fait dîner sans couteau, devant ces tribunes dont l'une est réservée au corps diplomatique, devant ces tables revêtues de serge verte, ces avocats qui prisent, ces femmes qui assistent à chaque procès en dépit des usages de la cour. Accusés des plus hauts crimes, coup d'État, trahison, assassinat, ils se nomment le prince de Polignac, Blanqui, Fieschi, le duc de Choiseul Praslin.

Le premier accusé, celui qui fait courir les foules aux audiences à la fin de cette année 1830, n'a pas la beauté de sa mère, l'amie de Marie-Antoinette,

1. *Les Misérables.*

morte en exil la même année qu'elle et dont la pierre tombale porte l'épitaphe : « Morte de douleur »... Sur le visage de son fils, l'ex-président du Conseil de Charles X, serait plutôt gravée la stupeur de comparaître devant ses pairs, dans cette Chambre Haute qu'il connaît par cœur, mais cette fois de l'autre côté de la barrière. L'acoustique est mauvaise, le froid glacial en ce mois de décembre, le prévenu se voit accusé de « presse périodique détruite, de censure rétablie, de simulacre d'élection, bref d'être l'auteur de ces désastreuses ordonnances de juillet qui ont entraîné la chute de Charles X, sonnant ainsi le glas de la branche aînée des Bourbons.

Plus incroyable encore, voici Polignac condamné à la prison perpétuelle et à la « mort civile », ce qui signifie l'extinction de sa personnalité juridique ; envoyé au fort de Ham, dans la Somme[1]. Il y restera six ans, précédant de peu... mais nous y reviendrons.

Les procès suivants ont une odeur non pas de satin, mais de rue. « Habile à faire donner tort par les majorités parlementaires à ces unanimités mystérieuses qui grondent sourdement sous les trônes », dit encore Victor Hugo de ce roi des Français à qui il consacre un chapitre entier au

1. Prison d'État sous la Révolution, dynamitée par les Allemands en 1917, ses vestiges sont inscrits à l'inventaire des Monuments historiques depuis 1965.

cœur des *Misérables*. Quelles sont ces unanimités mystérieuses et comment ne pas les entendre retentir au sein du Luxembourg attirant une foule de plus en plus nombreuse aux audiences ?

1831, 1834, la France se réveille, chauffée à blanc par des émeutes ; la France des villes, la France de la révolution industrielle, qui dévale les pentes de la Croix-Rousse à Lyon, roule de faubourg en faubourg à Paris, Grenoble, Besançon, Marseille, Saint-Etienne, mettant en lumière sociétés secrètes, associations de bienfaisance, de secours mutuel, de Droits de l'homme, carbonari, presse d'opposition, cherchant en tâtonnant cette introuvable jonction entre l'aspiration républicaine et le mouvement ouvrier, faisant un nombre de morts et de blessés qui aujourd'hui stupéfierait.

Une affiche de théâtre mitraillée va témoigner ce 6 février 1835 de la folie humaine : c'est tout ce qu'il reste d'une pièce de théâtre qui devait être jouée au numéro 12 de la rue Transnonain, à Paris. Une barrière érigée tout contre la maison où elle devait être représentée, un coup de feu tiré d'une fenêtre qui blesse un capitaine d'infanterie en train de la charger, et, du vaudeville, on passe au drame. La troupe fouille les lieux pièce par pièce, éventre les matelas, retourne chaque meuble, défonce les portes et massacre, accroupi, caché pêle-mêle dans un placard ou cherchant à s'enfuir, quiconque lui tombe sous la main. Douze personnes fusillées, les autres blessées, baignant dans leur sang.

Le retentissement est énorme, Daumier tire de ce massacre une déchirante lithographie. « C'est de l'histoire, écrit Baudelaire, de la terrible et triviale réalité. » La Chambre des pairs est chargée d'une enquête, ce sont les résultats de cette enquête, de ces auditions, qu'on vient entendre au Luxembourg, les dépositions des militaires qui ont réprimé l'insurrection ce jour-là, celle du général Bugeaud dont on ne cherche pas encore la casquette. On ne saura jamais pourquoi Mme Bonneville, recousant un ourlet, ne l'a jamais achevé…

Le chancelier Pasquier se couvre de son mortier [1] en velours noir doublé d'hermine et la messe est dite. À près de 70 ans, ayant tout vu, il ressemble à un vieux chat. « Le serment politique est une contremarque pour rentrer au spectacle, s'esclaffe-t-il dans ses *Mémoires*. Je suis l'homme de France qui a le plus connu les divers gouvernements qui se sont succédé chez nous ; je leur ai fait à tous un procès. » « Ces façons commodes de laver les crimes ne lavent pas les gouvernements », soupire Hugo.

1. Couvre-chef que portent encore aujourd'hui les présidents des cours de justice.

Cette année 1835 n'est pas une année faste pour la royauté : le 28 juillet, en quittant les Tuileries pour passer en revue la Garde nationale, Louis-Philippe, entouré de ses fils, l'échappe belle. Le pavé est jonché de morts, de chevaux gisant auprès de leurs maîtres : 18 victimes, une quarantaine de blessés. Une machine infernale tirée d'une fenêtre du boulevard du Temple a explosé au passage du cortège. L'auteur de cet attentat, un Corse aux motifs peu clairs, est arrêté quelques instants après et exécuté l'année suivante. On s'écrase au Luxembourg : à califourchon sur les branches des arbres, grimpée sur les socles des statues, une foule dévore des yeux le condamné à mort. Fieschi est guillotiné, ayant quand même réussi, en juxtaposant vingt-cinq canons de fusil liés les uns aux autres sur un châssis incliné, à tuer, à défaut d'un roi, un maréchal de France, Mortier, duc de Trévise, Grand Chancelier de la Légion d'honneur.

Darmès, Lecomte, Henry, Allibaud, Meunier, les régicides n'ont pas manqué sous le règne de Louis-Philippe, disant tous la même chose, que le roi est l'ennemi du peuple, mais personne ne le dit aussi longtemps et avec autant d'obstination qu'Auguste Blanqui, qualifié de « furieux froid » par Victor Hugo. Blanqui ne mange pas, ne boit pas, il stupéfie. « Rien dans ce cœur, dit de lui Victor Hugo, pas une affection, pas un amour, pas un vice, pas une femme. » Blanqui milite : « Il passait sa vie à construire des plans mystérieux, des galeries souterraines pour miner la société. » Il finit tant de fois en prison qu'on le surnomme « l'enfermé ». Incarcéré, il ne mange pas davantage, ne boit pas davantage, au désespoir de sa mère qui lui apporte du bouillon et, quand il sort de taule, Hugo le voit avec ses mêmes habits sur le corps « depuis douze ans, ses habits de prison, ses haillons, qu'il étalait avec un orgueil sombre dans son club [1] ».

Il lit, prêche, complote tant et si bien qu'en 1839, avec Barbès, il essaye de soulever Paris, s'empare du Palais de justice, un instant de l'Hôtel de Ville, pour se retrouver jugé avec ses complices devant la Chambre des pairs pour une insurrection qui a quand même fait 50 morts et près de 200 blessés. « À certains moments, ce n'était plus un homme, soupire Hugo, c'était une sorte d'apparition lugubre dans laquelle semblaient s'être incarnées toutes les haines de toutes les misères. »

Condamnations à mort, peines commuées en déportations, emprisonnements, rien n'en vient à bout, il refuse de répondre, de se défendre, toise ses juges qui parlent de ses « coupables espérances, de son esprit de faction », et quand Blanqui caresse sa courte barbe, on se demande ce qu'il pense de ces comtes, de ces marquis, de ces vice-amiraux qui l'envoient croupir à Doullens,

---

1. *Choses vues.*

au Mont-Saint-Michel ou à Mascara, en Algérie, où il ne mangera comme d'habitude que du pain et des pommes crues, lui qui ne veut « ni Dieu, ni maître ».

Un autre « enfermé » va bientôt lui succéder, Charles-Louis-Napoléon Bonaparte ; lui est enfermé à l'extérieur de son pays, la France, dont l'exil lui a fermé les portes ; enfermé dans une idée fixe : y rentrer. Celui dont il se veut le successeur est adoré d'une partie des Français, son seul nom leur donne des frissons, il s'agit de Napoléon Bonaparte dont l'accusé est l'héritier présomptif depuis la mort de son frère aîné et de son cousin, le duc de Reichstadt.

Louis-Napoléon est le fils de Louis, roi de Hollande et frère de l'empereur, toujours vivant, et d'Hortense de Beauharnais qui est morte en 1837. Il a vécu en Suisse et revient des États-Unis où on l'a envoyé se repentir d'avoir tenté en vain de soulever la garnison de Strasbourg. Il gêne tout le monde avec ses rêves de grandeur, sanglote à la mort de sa mère, sanglote quand il entend la romance dont elle a composé la musique : « Partant pour la Syrie,/ Le jeune et beau Dunois,/ Venait prier Marie,/ De bénir ses exploits », mélodie devenue le chant de ralliement des bonapartistes.

Lui est parti de Boulogne-sur-Mer avec une poignée d'hommes et toujours cette idée fixe d'exilé, rentrer chez soi ; son débarquement a lamentablement échoué et voici pourquoi il comparait devant la Cour des Pairs, le 6 août 1840, pour avoir « tenté de changer la forme du gouvernement ». Il a 32 ans, se déclare sans profession et domicilié à Londres. Exténué, il s'endort pendant qu'on lui relit son premier interrogatoire, reconnaît que son chapeau est tombé à la mer et le voici envoyé au fort de Ham que vient de quitter Polignac. Décidément, c'est bien le passé et l'avenir qui se croisent. « Il a une moustache noire, une raie dans les cheveux [...], un accent étranger » et il quitte le palais du Luxembourg en sifflotant *Le Beau Dunois* et en se promettant d'y revenir... sur un trône.

« M. de Praslin ne parlait pas à la Chambre. Il votait sévèrement dans les procès », note Victor Hugo. M. de Praslin ne se doute pas qu'il va faire la une de tous les journaux un an avant la chute du régime. Un abominable fait divers éclate en plein mois d'août 1847 : on accuse ce duc et pair de France, chevalier d'honneur de la duchesse d'Orléans, d'avoir tué sa femme, et de l'avoir si mal tuée que le successeur de Vidocq à la police de sûreté n'a pu que constater : « C'est un homme du monde qui a fait ça. »

Que s'est-il passé entre ce mari décrit comme très maigre et sa femme qualifiée de « belle et grasse personne » ? Qu'a-t-il à voir avec Félix de Choiseul Praslin, le pupille de François Baudelaire ? Et pourquoi, après une vie conjugale en apparence normale, est-il soupçonné – et pratiquement accusé – d'avoir taillé en pièces son épouse ?

Il porte le prénom très proustien de Théobald, il est le cinquième duc du nom, marié depuis seize ans, père de dix enfants. On l'a d'abord assigné à résidence sur les lieux du crime, puis transféré au Luxembourg pour y être jugé. On sait ou on ne sait pas qui est la duchesse [1], mais Maxime du Camp qui sait toujours tout la qualifie de « nymphomane jalouse ». On sait ou on ne sait pas que depuis des années elle bombarde son mari de lettres – plus de vingt par jour –, lui assène reproches, souvenirs, menaces. On sait ou on ne sait pas qu'elle le soupçonne d'avoir une liaison avec Henriette Deluzy, la gouvernante de leurs enfants qu'on a mise illico au secret en attendant de tirer ce drame au clair [2]. On sait ou on ne sait pas qu'il est le fils de Félix de Choiseul Praslin qui, par reconnaissance envers François Baudelaire, son précepteur, a fait partie du conseil de tutelle de son fils Charles Baudelaire qui dilapide tout, couche avec des actrices, n'y regarde pas à la couleur, se moque de son beau-père, le général Aupick, qui commande l'École

1. Elle est la fille d'Horace Sébastiani, une gloire militaire de l'Empire élevée à la dignité de maréchal de France sous la monarchie de Juillet.

2. Elle y restera jusqu'au 17 novembre sans qu'aucune charge soit retenue contre elle.

polytechnique et sous le nom de Samuel Cramer baise les mains et les pieds de *La Fanfarlo* dans un fiacre.

Assassinat scandaleux, du sang au Luxembourg et devant tous « posé comme une cible », le présumé coupable qui vient d'avoir 43 ans et refuse d'avouer. La duchesse ayant congédié la gouvernante, le duc l'a débitée en tranches, voilà ce que pensent ses juges qui n'auront pas à le juger car, au bout de quatre jours, aidé ou pas, il s'empoisonne à l'arsenic et meurt au Luxembourg dans sa douleur, sans avoir reconnu son crime, le 24 août 1847.

CHAPITRE XI

Un quartier d'enfer

Dieu sait qu'on a connu de la poussière au Luxembourg, mais comme ça, jamais ! Ce ne sont que maisons démolies, rues béantes, chaussées éventrées, pavés en tas, on dirait qu'un ouragan s'est abattu sur le quartier. Cet ouragan porte un nom : Haussmann, une ambition : moderniser Paris, tailler dans son tortueux passé moyenâgeux un habit neuf, le doter d'une circulation fluide, d'un air salubre ; à ses ciels ténébreux substituer l'éclairage au gaz ; à ses tas d'ordures des égouts ; lui faire passer son mauvais esprit à coups de parcs et jardins, de nouveaux quartiers, d'un immense kiosque à musique, l'Opéra, et d'églises telles Saint-Augustin ou La Trinité. Le maître de celui qui va rester préfet de la Seine pendant treize ans a voyagé dans un autre siècle, celui de l'Angleterre industrielle et de l'Amérique et, quand il prend le pouvoir en France, d'abord comme président de la Deuxième République, puis quatre ans plus tard, comme empereur, il entend bien ne pas en faire « un petit sac brodé de fleurs ou de rébus[1] ».

« Embellir, agrandir, assainir » : tels sont les maîtres-mots de son programme, mais sans doute agrandir vient-il en tête des préoccupations, ce qui signifie de gigantesques coupes dans les maisons et dans les ruelles pour favoriser les grands axes. Ainsi le boulevard Saint-Germain naît-il pour recoudre l'est à l'ouest de Paris et double-t-on la vieille rue Saint-Jacques en trois temps : création du boulevard de Sébastopol, Rive droite, élargissement de la rue du Palais qui traverse l'île de la Cité et, pour se rendre du nord au sud, prolongation jusqu'à l'Observatoire d'un nouveau boulevard auquel on donne le nom de Saint-Michel. Les chaussées doivent avoir 30 mètres de large, l'ancien boulevard d'Enfer disparaît, voici le Luxembourg emprisonné derrière ses grilles comme un énorme orang-outang, tandis que surgissent de nouvelles rues comme la rue de Médicis ou la rue Auguste-Comte alors appelée rue l'Abbé-de-l'Epée qu'elle prolonge.

Tout ce qui est démoli l'est au nom de l'intérêt public, tout ce qui est reconstruit l'est au nom de l'intérêt privé, et les habitants de la rue Mâcon, de la rue Poupée, de la rue Percée-Saint-André voient leur rue se volatiliser ou, au contraire,

1. Charles Baudelaire, *Les petites vieilles.*

s'agrandir démesurément, comme ceux de la rue de Vaugirard, laquelle, en annexant la grande rue du village de Vaugirard, devient l'une des plus longues de Paris[1].

Quant au Panthéon là-haut, depuis le vœu de Louis XV, chaque régime l'a tiré à hue et à dia, tantôt le rendant au culte, tantôt l'en retirant, le confirmant ou non dans sa vocation de mausolée. Appelé Temple de l'Humanité, puis Temple de la Gloire, son faîte est l'objet de tous les regards. Une statue de sainte Geneviève devait à l'origine le surmonter, qui n'a pas eu le temps d'y être hissée, Quatremère de Quincy, en 1791, l'a remplacée par une statue de La Renommée, ôtée par la Restauration qui n'a pas apprécié cette femme de 9 mètres de haut embouchant une trompette, remplacée par un drapeau tricolore sous Louis-Philippe et, dès son accession au pouvoir en 1851, par une croix dorée voulue par le prince-président qui garde néanmoins à l'édifice son caractère de sépulture nationale.

Vis-à-vis du public, il n'est pas toujours facile de marier embellissement et agrandissement. Riverains et statues du Luxembourg soupirent de concert.

---

1. La loi du 16 juin 1859 a annexé à Paris le village de Vaugirard ; dix ans plus tard, rue du village et rue de la ville fusionnent, donnant naissance à une voie de 4 kilomètres.

Hélas Seigneur, si l'on adjuge,
Si l'on commence à défricher,
Où trouverons-nous un refuge
Pauvres nymphes pour nous cacher ?[1]

Quand il s'agit de déplacer « la grotte Médicis » pour percer la rue de même nom, voici le quartier en émoi : pétitions, ajournement des travaux, contre-projet d'Alphonse de Gisors, l'architecte en chef, même le Sénat, plutôt somnolent sous le Second Empire, s'en mêle. La fontaine est finalement démontée pierre par pierre, puis remontée plus près du palais et dotée d'un cyclope, Polyphème, qui n'a pas eu de chance dans la vie : Ulysse lui a crevé un œil et lui-même crève de jalousie en surprenant sa blanche Galatée qu'il aime tant dans les bras d'Alcis, le berger. Galatée étant une Néréide, c'est-à-dire une nymphe marine, quand Polyphème aura aplati son rival sous un rocher, la nymphe changera en eau le sang de son amant. Son sculpteur, Auguste Ottin, a donc fait construire, entre deux rangées de platanes, un bassin de 50 mètres de long pour que la nymphe puisse y noyer son chagrin et afin d'apaiser le courroux de l'opinion.

Et comme celle-ci ne se calme pas, on est allé chercher une seconde fontaine qu'on a accolée dos

1. Dupin.

à dos à la première, celle de Léda et de son cygne expulsés de la rue du Regard par le percement de la rue de Rennes, rue du Regard ainsi nommée en souvenir d'un ancien regard de Thomas Francine, le célèbre magicien des eaux de Marie de Médicis, à qui succède, sous le Second Empire, un autre magicien, Eugène Belgrand.

On lui doit la réalisation du dernier volet du programme : l'assainissement des eaux. « Tes yeux sont la citerne où boivent mes ennuis », dit le poète[1], des ennuis qui se nomment des fièvres, la malaria, le choléra qui a emporté il n'y a pas si longtemps 19 000 Parisiens en six mois, de mars à septembre 1832, parmi lesquels le président du Conseil, Casimir Perier, le général Lamarque et le baron Daumesnil.

Par ces deux grands yeux noirs, soupiraux de ton
âme,
O démon sans pitié ! Verse-moi moins de flamme ;
Je ne suis pas le Styx pour t'embrasser neuf fois.

Ce polytechnicien prend à bras-le-corps le problème du Styx, c'est-à-dire de l'eau devenue l'eau de la mort, de son approvisionnement, de son gaspillage négligé depuis deux siècles : les galeries

1. Charles Baudelaire, *Sed non satiata*. Dans un autre poème, *Une eau salutaire*, il se moque de la Seine qui n'est plus « guère qu'un excrément qui coule ».

voûtées qui la couvraient se sont effondrées, les puits d'aération qui la ventilaient se sont bouchés, les contreforts des aqueducs qui la transportaient se sont éboulés, l'eau se perd tant et plus alors qu'elle manque cruellement.

Belgrand conçoit un réseau de quatre aqueducs, dont celui de la Vanne, un affluent de l'Yonne, qu'il rebâtit sur l'ancien aqueduc Médicis, s'en servant comme soubassement ; il alimente Paris grâce à des réservoirs, dont celui du parc Montsouris, le plus moderne de son époque, stockant 203 000 mètres cubes d'eau ; 1 800 piliers maçonnés soutiennent cet ouvrage qui, de nos jours, alimente encore en eau 20 % des Parisiens.

Il dote Paris de nouvelles fontaines, ainsi celle des Quatre-parties-du-monde représentant aussi les points cardinaux, construite face à l'Observatoire [1] où, juchés en haut de sa coupole depuis deux siècles, les savants lorgnent le ciel. Attirée à Paris par Colbert, la quatrième génération des Cassini, ces Savoyards italiens à l'époque, vient d'être nommée pair de France par la monarchie de Juillet.

Grâce à l'un de ses amis devenu chambellan de l'impératrice, le sculpteur Jean-Baptiste Carpeaux, à la forte moustache et aux mèches généreuses, entreprend de réaliser en collaboration avec l'architecte Davioud sa dernière œuvre : les

---

1. Le plus ancien du monde toujours en fonctionnement.

quatre continents représentés par quatre femmes soutiendront le globe terrestre. Las ! sa maquette ne plaît pas, la guerre franco-prussienne, puis la Commune, retardent sa réalisation. La Troisième République juge « dégingandées » ces femmes nues et « intolérable » le projet de cette œuvre destinée au plein air. La maquette en bronze de Carpeaux est fondue. Huit chevaux marins, un banc de tortues et de dauphins, œuvre d'Emmanuel Frémiet, feront passer la pilule et réussiront quatre années plus tard à fermer cette perspective où Marie de Médicis, la vue obstruée par le mur des Chartreux, n'a jamais pu apercevoir le soleil décliner.

Désormais on n'entre plus au Luxembourg par des portes, celles qu'avait fait fermer Jouflotte pour s'y promener avec ses amants dans un jardin érotisé par une tiède aurore, mais par des grilles.

Au lieu de ce vague horizon
Tout vert de lierre et de charmilles
Le voilà enfermé sous des grilles
Le vieux jardin mis en prison[1].

Devenu atelier de charité en 1848, puis siège de la commission du Travail, mis à la disposition de Louis Blanc et de « l'ouvrier Albert » qui la président, de Barbès qui s'y installe pour un temps

1. Laprade, 1866.

avec quelques membres de l'éphémère Deuxième République, le palais se cherche une destination. La suppression de la Chambre Haute l'a laissé vide, le projet de jardin anglais d'Alphonse de Gisors a été mis au placard, le liseron envahit les plates-bandes. En présence de Louis Blanc, membre du gouvernement provisoire et du curé de Saint-Sulpice, venu en voisin, on a bien planté un arbre de la Liberté, mais faute d'arrosage, il a dépéri, comme les cinq pieds de canne à sucre qu'on a tenté d'acclimater en 1843 dans le jardin d'essai.

En raison du percement de la rue Auguste-Comte, la pépinière vit ses dernières heures sous le Second Empire, regrettée par Maupassant : « Vous ne l'avez pas connue, vous autres, cette pépinière ? C'était comme un jardin oublié de l'autre siècle, un jardin joli comme un doux sourire de vieille. [...] Je venais là presque tous les matins. Je m'asseyais sur un banc et je lisais. Parfois je laissais retomber le livre sur mes genoux pour rêver, pour écouter autour de moi vivre Paris. »

Dans sa nouvelle *Menuet*[1], il y rencontre un étrange petit vieillard, maître de danse à l'Opéra sous Louis XV, qui, chaque après-midi, à l'abri des regards, vient y danser le menuet avec son épouse, la célèbre Castris. Ils sautillent comme deux vieilles poupées, ombres démodées d'un siècle qui semblait

1. 1882.

avoir laissé dans le monde « une odeur d'amour » et donnent à l'auteur l'envie de rire et le besoin de pleurer. « Quand je revins à Paris, deux ans plus tard, on avait détruit la pépinière. »

Tiraillée entre diverses tutelles, le ministère de l'Intérieur, le Muséum d'histoire naturelle, le Sénat, la Ville de Paris, elle se transforme, grâce à l'apport depuis Châtillon de terre arable, en conservatoire d'espèces fruitières, pommes et poires principalement, dont ce célèbre poirier que j'ai encore vu en 1978 porter une centaine de kilos de fruits chaque été et qui avait demandé un demi-siècle de conduite pour atteindre sa forme définitive.

Il me semblait parfois que les dames de marbre,
Clotilde aux cheveux longs, Jeanne écoutant ses voix,
Et la fière Stuart et la fine Valois,
Me jetaient des regards et me faisaient des signes[1].

Signe d'entrer dans ce palais, d'y voir ce trône qu'y a installé Napoléon III. Souvenir humiliant de son procès, huit ans auparavant, au cours duquel le président Pasquier à la voix chevrotante l'avait traité comme un galopin. Souvenir triomphant de Napoléon Ier se faisant nommer Empereur par les pairs de France et dont le neveu va reproduire la même démarche.

1. François Coppée, *Au jardin du Luxembourg*.

Automne 1852 : escortée de cent cavaliers, une délégation de la Deuxième chambre que le prince-président a rétablie [1] se rend à Saint-Cloud, munie d'un sénatus-consulte lui demandant de devenir empereur. Plumets blancs, bicorne en feutre cette fois, en gilet et pantalon de nankin blanc et toujours le doigt sur le galon d'or de la couture.

Les choses ne traînent pas, l'Empire est rétabli par la constitution de février 1852 ; moins de six mois plus tard, le souverain visite discrètement le palais du Luxembourg pour y revoir la cellule de sa prison située juste derrière le Petit Palais, la salle des séances où il a été jugé et pour y dicter ses ordres. Ordres de grandeur, bien sûr. Les travaux commencent aussitôt, Alphonse de Gisors, toujours lui, a deux ans pour transformer le premier étage inoccupé, en faire tomber les cloisons, réunir trois salles en une galerie de 650 mètres carrés, de rouge tendue et ruisselante de dorures, encore dite salle du trône, destinée aux solennités [2]. Souvenez-vous de Barras…

La toute nouvelle impératrice [3] l'inaugure le 7 février 1853 ; la jeune Espagnole grelotte tandis

1. Elle avait été supprimée par la constitution de 1848.

2. L'actuelle salle des Conférences.

3. Le 22 janvier 1853, Napoléon III a annoncé son mariage au bureau du Sénat ; le 29, il a épousé Eugénie de Montijo âgée de 26 ans, lui en a 44.

que le séant de son impérial époux se pose enfin sur ce trône tant convoité en présence de toute la Cour, de son frère Jérôme, nommé par ses soins président du Sénat et installé comme tel au Petit Luxembourg, du général-comte d'Hautpoul, le grand référendaire, et du baron de Lacrosse, secrétaire ; les boutons dorés à l'aigle luisent sur la poitrine des cent cinquante sénateurs qui ont voté à l'unanimité, moins une voix, le retour de l'Empire massivement approuvé par le peuple.

Comme naguère, le Sénat impérial vote des sénatus-consultes ; il n'est plus une cour de justice – ça rappellerait trop de mauvais souvenirs – jusqu'en 1860, ses séances ne sont pas publiques, ses membres le sont à vie, soit de droit, cardinaux, évêques ou maréchaux, soit nommés par le pouvoir qui y insuffle du bourgeois, de la finance, de l'industrie, de la banque, jusqu'à son Waterloo à lui, Sedan.

Pas de chance, Maxime du Camp fait partie de la dernière fournée de sénateurs signée par Napoléon III en août 1870, mais jamais promulguée, tout comme Louis Pasteur ou Émile de Girardin. « Quoi qu'il advienne, un autre monde va commencer, écrit Flaubert à la princesse Mathilde[1]. Si je n'étais pas sûr de faire mourir ma mère immédiatement, j'irais manger du Prussien », ajoute-t-il

1. Lettre du 7 septembre 1870.

dans une autre missive à Claudius Popelin. Et un mois plus tard, à sa nièce Caroline, il confie : « La société qui va sortir de nos ruines sera militaire et républicaine, c'est-à-dire antipathique à tous mes instincts. » Et plus tard encore, il avoue à Maxime du Camp : « Nous payons le long mensonge où nous avons vécu, car tout était faux : fausse armée, fausse politique, fausse littérature, faux crédit et même fausses putains. – Dire la vérité, c'était immoral ! »

CHAPITRE XII

Les fusillés

« Génie de la Bienfaisance, c'est à votre âme généreuse »... ainsi le maréchal des logis-chef, Auguste Maximin, s'adresse-t-il en 1862 au grand référendaire pour lui demander l'autorisation d'ouvrir un théâtre de marionnettes dans les jardins du Luxembourg. Guignol y fait son entrée, armé de son gourdin, toujours prêt à rosser le gendarme et parfois Madelon, sa douce moitié. Sa tavelle fait un bruit d'uppercut, un grand bruit sourd qui effraie les enfants, les fait même hurler de peur ; dès le lendemain, ils demandent à revenir. La marionnette lyonnaise, du haut de ses 50 centimètres, n'en croit pas ses yeux de voir disparaître une à une toutes les dépendances du Sénat, la poste, les écuries, les logements du personnel, la maison de l'architecte, la guéguerre entre l'État et la Ville de Paris pour se garder un bout de terrain par-ci, un bout de grillage par-là. Elle zieute surtout ses concurrentes, les voitures à chèvres qui ont eu, elles aussi, la permission du grand référendaire de s'installer au Luxembourg.

Les dernières reines et femmes illustres gagnent leur piédestal fourni par l'État, Marguerite d'Anjou arrive bonne dernière (1877) et *Marius contemplant les ruines de Carthage* (1861), le pied posé sur un fragment de balustrade et la main tenant caché un poignard, pourrait bien contempler ce qui va bientôt devenir les ruines de Paris.

Le dépôt des Marbres est animé, lui aussi, d'un curieux va-et-vient. Ce « magasin des marbres du Roi », fondé par Colbert, est passé successivement sous la tutelle du ministère des Travaux publics, de la Maison de l'Empereur et de la section des Beaux-Arts du ministère de l'Instruction publique et des Cultes. L'île aux Cygnes qui l'abritait est devenue terre ferme grâce au comblement progressif de ce petit bras de la Seine, donnant ainsi naissance à un nouveau quartier : le Gros Caillou.

Depuis 1849, le dépôt des Marbres partage avec le garde-meuble ce vaste terrain situé sur l'actuel quai Branly, dont la ville est propriétaire. La commande de Louis-Philippe l'a vidé d'une partie de ses marbres, ceux de 1re catégorie attribués aux sculpteurs les plus connus qui vont eux-mêmes les y choisir, ce qui en principe n'est pas autorisé, ceux de 2e catégorie allant à des artistes de moindre renom. Ce sont souvent des marbres laissés pour compte des chantiers de construction ou bien en provenance des Pyrénées, de Campan ou de Sarrancolin, moins coûteux que ceux importés de Carrare, transportés par mer et acheminés par la Seine.

Edme Gaulle, le directeur du Dépôt, voit ainsi disparaître beaucoup de sa marchandise jusqu'à la fin du Second Empire ; classés, numérotés, choisis en principe par la Commission du choix des marbres, les plus chers d'entre eux, importés d'Italie, valent 1 800 à 2 000 francs-or le mètre cube, et ce n'est jamais sans une certaine appréhension que le directeur les voit charger sans ménagement sur des charrettes à bœufs ou à chevaux qui les transportent jusqu'aux ateliers des artistes.

Sans davantage de ménagement, M. Gaulle voit aussi arriver de drôles de pensionnaires devant lesquels, naguère, il s'inclinait, et qui gisent maintenant le nez dans une flaque d'eau ou la bedaine défoncée. Il y a là un Charles X bien fatigué, un Louis-Philippe bien abaissé et, au soir de Sedan, un Napoléon III vaincu dont la reddition va se transformer non en flaque d'eau, mais en ruisseaux de sang.

1870. Tout s'en mêle, l'occupation du territoire, l'encerclement de Paris par les troupes prussiennes et leurs alliés, le changement de régime. Le terme même de république fait peur : tantôt on nomme l'exécutif gouvernement provisoire, tantôt gouvernement de la Défense nationale. En un an le pouvoir se transporte de Paris à Tours, de Bordeaux à Versailles. Grèves, soulèvements, plébiscite, élections se déroulent parallèlement aux défaites militaires, aux capitulations, au siège de Paris, aux conditions posées par le vainqueur pour l'armistice, à la proclamation de l'empire allemand dans la galerie des Glaces, à Versailles. La guerre a coûté cher : 139 000 morts du côté français qui se retournent dans leur tombe ce jour-là. Et plus encore le 28 février 1871, lorsque Thiers apporte à l'Assemblée nationale réfugiée à Bordeaux le traité de paix. « Il est hideux », s'exclame Victor Hugo qui l'approuve néanmoins le lendemain : « Aujourd'hui séance tragique. On a exécuté l'empire – puis la France, hélas ! On a voté le traité [1]. »

Paris ne l'entend pas de cette oreille : depuis quatre mois les Parisiens crèvent de faim. Sous le titre « Les rats montent », les journaux ont beau s'en moquer : « 60 centimes hier à la halle, bientôt ils vaudront plus cher que les rats de l'opéra [2] », les estomacs crient famine, les prisonniers affluent, porteurs du typhus, du choléra, de la variole, les blessés s'entassent, au Luxembourg, par exemple, transformé en hôpital, les gardes nationaux ne touchent plus leur solde, les loyers s'envolent, les obus pleuvent, les 34 kilomètres du mur d'enceinte

1. *Choses vues.*

2. *Les griffonnages quotidiens d'un bourgeois du quartier latin* (novembre 1870).

de la capitale, renforcé par 94 bastions et dominés par 15 forts, n'ont servi à rien, ils ont même produit l'inverse du but recherché : au lieu de protéger la capitale, ils l'ont emprisonnée.

Le printemps venu, la marmite bout. Anarchistes, blanquistes, jacobins admirateurs de 1789, radicaux, collectivistes, proudhoniens, indépendants, français ou étrangers, tous s'attellent à la tâche d'en faire sauter le couvercle, c'est-à-dire une fois encore le gouvernement traité de traître. Les insurgés se sont trouvé une dénomination, les Fédérés, bien que qualifiés de « multitude indisciplinée, raisonneuse », que l'alcoolisme ravage, par Maxime du Camp, se sont trouvés des costumes militaires de fantaisie, des idées – le drapeau rouge, l'union libre, la séparation de l'Église et de l'État, le calendrier républicain. Ils ont fait resurgir du passé un nom qui les rassemble pour quelque temps au moins : la Commune, en souvenir de celle qui mit bas la royauté le 10 août 1792. Leur calendrier part bien de là : il commence l'an 79 de la république. Quand l'étincelle jaillit,

La terre est blanche.
La neige débarbouille [...]
On entend des feux de peloton...
La terre est rouge ![1]

1. Jules Vallès, *Il neige au Creusot.*

L'Assemblée nationale déménagée à Versailles, deux cadavres de généraux venus chercher des canons à Montmartre, et c'est parti ! En marche le couple funèbre révolution-répression !

L'ennemi du dehors, Thiers, mesure 1,55 mètre ; malgré cela une poigne de fer qui a déjà fait ses preuves sous Louis-Philippe, en sa qualité de ministre de l'Intérieur. En 1834 il a cassé du canut lyonnais, et pas qu'un peu : 600 morts, 10 000 prisonniers. À 74 ans, « la tête suspendue à une paire de lunettes », ayant essuyé les plâtres de tous les régimes, pris en tenaille entre les Prussiens et les Communards, à quoi peut bien penser Adolphe Thiers ? D'après Balzac, à rien : « Monsieur Thiers n'a jamais eu qu'une seule pensée, il a toujours songé à Monsieur Thiers. »

Il est l'interlocuteur de Bismarck, l'homme de l'armistice, le signataire de cette paix honnie par les Parisiens, le maître manipulateur [1] de cette assemblée qu'il a traînée à Versailles, se méfiant de Paris comme de la peste. La capitale lui rend bien son animosité en votant la démolition de son hôtel particulier et en confisquant ses biens. Thiers refuse-t-il de libérer Blanqui qu'il détient prisonnier, les Fédérés fusillent l'archevêque de Paris. La

1. En tant que chef du pouvoir exécutif de la République française, il est à la fois chef de l'État et du gouvernement.

Commune jette-t-elle à terre la colonne Vendôme, Thiers ordonne le blocus du ravitaillement de la capitale. Les Communards décident-ils la destruction de la chapelle expiatoire de Paris, commémorant la mort de Louis XVI [1], Thiers refuse toutes les offres de conciliation des francs-maçons et de la Ligue Républicaine.

Il se frotte les mains devant les tentatives avortées des autres communes de France, celles de Saint-Etienne, Lyon, Toulouse, Narbonne, du Creusot, de Marseille, qui font pschitt, et le 8 mai il informe les Parisiens qu'il va passer à l'action. Deux jours plus tard, Thiers signe le traité de Francfort mettant fin à la guerre. Là où les Parisiens devraient sentir le danger, ils s'entre-déchirent : crise ouverte au conseil de la Commune entre majorité et minorité, suppression massive des journaux d'opposition ; ou bien ils votent l'égalité entre épouses et concubines, enfants légitimes et naturels, l'élection des fonctionnaires au suffrage universel, l'autorisation de retirer du mont-de-piété les objets gagés pour moins de 20 francs, autant de décrets qui n'ont aucune chance d'être appliqués tant le temps leur est compté.

Le Marseillais à la voix nasillarde, au crâne chauve, né si petit « qu'il eût pu tenir dans un sabot », s'enfonce sans broncher dans le sang,

1. Décision jamais exécutée.

constate Clemenceau. Le 21 mai, Thiers entre dans la capitale par le rempart du Point-du-Jour situé entre la porte de Versailles et la porte d'Auteuil. La semaine sanglante va balayer Paris d'ouest en est, Paris qui brûle, qui se dépave, qui se défend quartier par quartier, rue par rue, colline par colline.

21-28 mai 1871, l'Europe entière est au balcon pour voir de quel bois se chauffe Monsieur Thiers qui doit 5 milliards aux Allemands, veut les faire évacuer, faire gober aux Français la perte de 14 500 kilomètres carrés de territoire, de 1 694 communes, de 1 597 000 habitants, décider entre légitimistes, orléanistes et bonapartistes quelle sera la nature du régime à venir et rendre à la France sa capitale [1], mais dans quel état !

En sang et en cendres ! L'Hôtel de Ville, les Tuileries, la Cour des comptes, le Conseil d'État, la Légion d'honneur, le ministère des Finances ne sont plus qu'un « colossal effondrement », constate le peintre Meissonnier. Qu'est devenu le Luxembourg situé à quelques encablures du Panthéon où les insurgés ont établi leur quartier général pendant la semaine sanglante ?

Transformé en ambulance, ce qui signifie à l'époque en hôpital provisoire, le palais de Marie de Médicis a été sauvé par les blessés de la guerre

1. L'assemblée de Bordeaux avait décapitalisé Paris pour Versailles en décidant d'y siéger.

franco-prussienne : plus de 500 qu'on a casés un peu partout, dans le jardin, dans des baraquements provisoires, dans les dépendances que les sénateurs ont mis à leur disposition. Au début de l'année 1871, le thermomètre est descendu à moins 12°, les bombardements ennemis ont pulvérisé la serre aux orchidées, le perron circulaire du parterre, les grilles et les vitres du Sénat. Troupes gouvernementales et mitrailleuses sont restées positionnées tout l'hiver boulevard Saint-Michel, les soldats ayant une fâcheuse tendance à pactiser avec la Garde nationale. Aussi, lorsque Thiers et son gouvernement se sont repliés à Versailles, n'ont-ils eu de cesse de rappeler le 69e de ligne cantonné dans les jardins du Luxembourg.

Le drapeau rouge flotte au sommet du Panthéon lorsque, le 23 mai, les Versaillais entrent par la porte du Luxembourg, poussant devant eux un touril, c'est-à-dire un fourgon rempli de pétrole, avec l'ordre d'incendier le palais. Que faire des blessés ? Impossible de les transporter dans un quartier hérissé de barricades, et d'ailleurs où pourraient donc trouver refuge ces pauvres bougres qui supplient qu'on les épargne ?

Le lendemain se produit une formidable explosion sans que l'on sache qui a allumé les mèches de la poudrière construite sur des terrains vagues attenant au jardin. Les quelques vitres ayant résisté aux obus prussiens volent en éclats, tandis que les troupes gouvernementales occupent le palais sans qu'un seul coup de feu soit tiré.

Où installer l'état-major des vainqueurs si ce n'est en haut de cette montagne d'où l'on voit rougeoyer les deux rives de la Seine ? Le général Cissey qui commande le 2e corps des troupes versaillaises loge au Luxembourg, voisinant avec une prévôté[1] chargée de juger les suspects. La population s'en donne à cœur joie. « Les jaloux, les cocus, les endettés, les mécontents, les aigris règlent leurs comptes, écrit J.-A. Faucher. Les dénonciations se multiplient. Les brassards tricolores sortent de toutes les poches[2]. »

Les vaincus comparaissent devant le prévôt, un capitaine de gendarmerie d'une quarantaine d'années, « la moustache blonde en croc, les yeux bleus, le crâne dégarni », qui expédie la besogne. Des mains noircies, une odeur de poudre, un cillement des yeux, tout est bon pour vous condamner. Quand le prévôt crie : « À la queue ! », le prisonnier va rejoindre cette longue file d'attente qui s'étire sous un soleil printanier. Au loin on entend des ordres et des coups de feu, mais les rayons sont si doux, le feuillage d'un vert si tendre que personne n'ose imaginer vivre ses derniers instants. Certains, ici même, ont fait aller sur l'eau leurs petits

1. Unité de justice accompagnant les troupes en temps de guerre.

2. *La Commune de Paris* (1960).

bateaux et vu leurs voiles pourpres emporter leurs rêves d'enfant. Personne ne se rappelle que Fabre d'Églantine, André Chénier, Michel Ney les y ont précédés.

Pleurez, doux alcyons, ô vous, oiseaux sacrés,
Oiseaux chers à Thétis, doux alcyons, pleurez[1].

Les mouettes chassées de la Seine par la fumée des incendies tournoient au-dessus du bassin, le jour baisse traînant son cortège funèbre et quand on entend l'ordre : « Les six premiers, hors du rang ! » certains se signent, d'autres tombent à genoux, enfin conscients de leur sort. Amenés manu militari sous les terrasses, collés au mur, le nez contre la pierre encore tiède, les condamnés sont fusillés séance tenante, mais il y en a tant que les pelotons d'exécution continuent leur travail à la lueur de la lune, malgré les chiens qui aboient, « le bruit des combats dans le lointain et le long mugissement des grands monuments qui s'écroulent ».

Arrosés de chaux vive, entassés dans des camions recouverts d'une grande toile neuve ficelée, « le croque-mort assis à côté du chauffeur » emmène les cadavres dans les cimetières ou les décharge derrière les fortifications. On achève les blessés à la mitrailleuse et on enterre les morts 20 par 20 dans

1. *La Jeune Tarentine*, André Chénier.

des fosses de 10 mètres de large et de profondeur. À l'autre extrémité de Paris, au Père-Lachaise, les corps des derniers communards fusillés se figent dans une flaque de sang[1]. Dès 1880, 25 000 personnes défilent, une rose rouge à la boutonnière, en chantant devant « ce mur que l'histoire décore, / Qui saigne encore » et en menaçant de voir sortir de terre ces « morts enterrés sans cercueil[2]. »

Les fusillés du jardin du Luxembourg n'ont pas eu la chance d'avoir un goguettier, poète et chansonnier de Montmartre, comme Jules Jouy, pour rappeler leur souvenir. Ils attendront 2003 pour qu'une petite plaque à peine visible rappelle aux promeneurs qu'ils expirèrent cent trente-deux ans plus tôt au pied des reines de France. Jean-Baptiste Millière, un journaliste républicain arrêté sans doute par erreur chez son beau-père, rue d'Ulm, n'a eu droit, lui, qu'à une gravure le représentant sur les marches du Panthéon qu'on a décoiffé de son drapeau rouge. Quand on a dérangé le général Cissey en train de déjeuner chez Foyot, au coin des rues de Tournon et de Vaugirard, pour lui

1. Combien ont disparu au cours de cette semaine sanglante ? 6000 ? 10000 ? Les prisonniers sont emmenés à Versailles ou transférés sur des pontons ou dans des ports. 26 conseils de guerre siégeront pendant quatre ans pour les juger, ils prononceront 10 137 condamnations, 3 913 jugements par contumace et déporteront 3 575 personnes en Nouvelle-Calédonie ou en Algérie.

2. Jules Jouy, *Le Tombeau des fusillés*.

demander que faire de ce prisonnier, ancien député de la Seine à l'assemblée de Bordeaux, l'ordre est tombé de le fusiller « au Panthéon, à genoux, pour demander pardon à la société du mal qu'il lui avait fait ». Au lieu de cela, le condamné a crié : « Vive l'humanité ! »

Puis, comme dit Victor Hugo réclamant en vain, à plusieurs reprises, l'amnistie des condamnés de 1871 : « Vous n'entendrez plus rien que le bruit immense et profond de la guerre civile qui se ferme. »

CHAPITRE XIII

Un provisoire qui dure

Zanetto a des yeux noirs très écartés, une masse de boucles s'échappe de sa toque de troubadour et sa douce voix charme Silvia, la froide et méchante souveraine : « Depuis l'enfance, étant d'un naturel nomade, / Je voyage. Ma vie est une promenade. [...] J'ai mon caprice comme seul guide, et je voyage / Comme la feuille morte et le nuage. [...] Et tant que je pourrai, je n'aurai pour fardeaux / Que ma plume au bonnet et ma guitare au dos. »

1869 : Sarah Bernhardt, dans *Le Passant* de François Coppée, triomphe à l'Odéon. Quel âge a-t-elle ? 25 ans, dit-elle, et un fils aussi naturel qu'elle, âgé de 5 ans.

1872 : dans le rôle de doña Maria de Neubourg, reine d'Espagne, toujours au théâtre de l'Odéon, elle a volé la vedette à Frédérick Lemaître qui a incarné le personnage de *Ruy Blas*, la pièce de Victor Hugo, pendant près de trente ans. Il est alors un vieux monsieur, Sarah Bernhardt, elle, a toujours 25 ans. Sa robe royale s'emperle, sa chevelure frisée s'orne d'un diadème et son fils Maurice a 8 ans. Que fabrique le temps ?

Grâce à l'incendie de l'Hôtel de Ville allumé par les Communards le 24 mai 1874, des mensonges ! La collection de l'état civil antérieure à 1860 est partie en fumée, comme celle du Greffe du Palais de Justice qui a brûlé le même jour. Tout le monde a vieilli ou rajeuni d'un coup. « La guerre a donné à ma mère cent ans de plus », écrit Flaubert à Élisa Schlésinger[1]. Sarah Bernhardt, elle, en a profité pour se rajeunir – on ne saura jamais la date exacte de sa naissance – pour s'inventer un père, changer l'ordre de ses prénoms et sans doute aussi l'orthographe de son nom. On n'y verra que du feu, c'est le cas de le dire. Pendant la Commune, elle a obtenu du ministre de la Guerre l'autorisation de transformer le foyer de l'Odéon en ambulance militaire, elle-même s'est baptisée infirmière et c'est à ce titre qu'en 1914, René Viviani, alors ministre de l'Instruction publique et des Beaux-Arts, lui remettra la Légion d'honneur.

Les Prussiens évacuent lentement le territoire français et Flaubert, toujours lui, écrit à George Sand : « On dirait que la république bourgeoise veut s'asseoir. » Au palais du Luxembourg, il n'y a plus de sénateurs, le pouvoir exécutif est une

1. Lettre du 6 septembre 1871.

sorte de *no man's land* occupé depuis la démission de Thiers, en mai 1873, par le maréchal de Mac Mahon, 1er duc de Magenta, qui n'a été élu président de la République que pour préparer le retour de la monarchie. La commission des Grâces ne chôme pas, le pouvoir législatif, composé d'une Chambre unique, siège toujours à Versailles, tandis que la préfecture de la Seine, sans abri depuis l'incendie de l'Hôtel de Ville, s'est installée au Luxembourg et que le jardin a rouvert au public.

Trois lois constitutionnelles votées par l'Assemblée nationale entre février et juin 1875 vont en effet asseoir cette république bourgeoise. George Sand a prévu qu'elle serait bête, mais personne n'a imaginé que pendant soixante-cinq ans, la France, ce pays grandiloquent, pourrait vivre sans véritable constitution, sans préambule ni déclaration de principes, juste avec trois lois et un alinéa ajouté en 1889, disant que « la forme républicaine du gouvernement ne peut faire l'objet d'une proposition de révision ». « Son manque d'élévation est peut-être une garantie de solidité », constatait Flaubert, plus finaud.

La loi du 24 février 1875 a rétabli le Sénat. 300 sénateurs, élus pour neuf ans, sont dotés des mêmes pouvoirs législatifs que leurs collègues de la Chambre des députés. Les ministres sont responsables devant eux et ils peuvent comme les pairs, leurs prédécesseurs, s'ériger en Haute Cour.

L'horizon des fonctionnaires municipaux relogés au palais du Luxembourg s'assombrit, mais il faudra attendre encore quatre ans pour que leur déménagement soit effectif grâce à la loi de juillet 1879 ordonnant le retour des Chambres de Versailles à Paris.

Et c'est au son d'une nouvelle petite musique qu'un nouveau Sénat composé d'une nouvelle et récente majorité républicaine se réinstalle dans le palais de Marie de Médicis, en même temps que 22 chevaux blancs, bais et noirs, 3 couples de cerfs, les éléphants et les girafes qui tournent dans le manège de chevaux de bois construit la même année 79, sur les dessins, dit-on, de Charles Garnier. Marcel Proust a 8 ans, André Gide 9 et Rainer Maria Rilke 4.

Trente ans plus tard, devenu le secrétaire de Rodin, habitant rue Toullier, à Paris, à deux pas du Luxembourg, Rilke compose son poème *Das Karusel*[1] :

Il y a un toit, il y a aussi son ombre, c'est
le manège qui tourne pour un court instant, [...]
il y a également un lion rouge et menaçant
et de temps en temps un éléphant blanc.

Il y a même un cerf, tout comme dans la forêt,

1. *Le carrousel* (1906).

si ce n'est qu'il porte une selle, et, assise dessus,
il y a une petite fille bleue que des courroies
[retiennent.

Ce ne sont plus les reines de France qui sont taillées dans les marbres du Dépôt dirigé alors par Eugène Morand[1], mais *L'éternel printemps*, *Ugolin et ses enfants*, *Le Baiser*, *L'Aurore*, ces œuvres de Rodin à qui l'État a octroyé un atelier qu'il gardera sa vie durant et où il reçoit comme un prince de la Renaissance. Assistants, praticiens, mouleurs, tailleurs, photographes, secrétaires s'affairent autour du maître. Élèves et amantes venues de l'Europe entière se confondent souvent, Camille Claudel y perdra la raison.

Le jeune artiste inspiré, au large front et au dur regard, sympathisant des Communards, est devenu un sexagénaire ventripotent à longue barbe et à lorgnons, connu du monde entier ; Huysmans, Octave Mirbeau, les Goncourt, Isadora Duncan défilent dans son atelier. Une rétrospective de son œuvre lui est consacrée place de l'Alma, en 1900, lors de l'exposition universelle de Paris. Huit ans plus tard, le roi d'Angleterre, Édouard VII, lui rend visite et c'est cette même année que, grâce à Rilke, Rodin s'installe à l'hôtel Biron. Inoccupé, celui-ci se dégrade depuis sa confiscation à la

1. Père de Paul Morand.

Société du Sacré-Cœur-de-Jésus, son ancienne propriétaire, en application de la loi de 1905. Rodin en fera son « show room » et léguera à l'État l'intégralité de ses collections à la condition qu'il le transforme en un musée à sa gloire.

Cet enfant du Ve arrondissement, né rue de l'Arbalète, n'a pas une seule œuvre de lui dans les jardins du Luxembourg ; aucun buste ne l'y représente, aucune pluie ne ruisselle le long de ses joues en bronze ou en marbre, tandis que s'accumulent sur le bureau des questeurs du Sénat des piles de suppliques. La IIIe République est prolixe en demande de statues ! Comités par-ci, comités par-là, deux règles finissent par voir le jour : attendre dix ans, au moins, après la mort de la personne qu'on désire faire représenter et qu'une sculpture en remplace une autre.

Mais nous n'en sommes pas là au sortir de la Commune. « De l'énergie, foutre !!! », écrit Flaubert à Philippe Leparfait [1]. Verlaine vient de rencontrer « son époux infernal ». Marié depuis un an, sa femme enceinte, un jeune homme qui n'a pas 17 ans lui a écrit et débarque à Paris sans coup férir et sans un sou vaillant. Il a pour nom Arthur Rimbaud, tous les toupets, prend son nouvel ami dans « la sensuelle ampleur de ses yeux gris

1. Lettre du 12 octobre 1871.

et verts[1] », dans sa « voix d'archange aux langueurs charmeresses[2] » et quand naît le petit Georges Verlaine, le 30 octobre 1871, sans doute son père est-il absent, en proie à « une ivresse inénarrable ».

Le brouhaha des cabarets excite les deux compères, les yeux injectés d'absinthe, ils jettent leur brûle-gueule à la tête du premier venu et attendent avec délices que ça dégénère.

En effet, ça dégénère : trois mois après son introduction aux *Vilains Bonshommes*, un cercle d'artistes qui se réunit au premier étage d'un marchand de vins, au coin de la rue Bonaparte et de la rue du Vieux-Colombier, François Coppée traite le nouveau venu de « fumiste réussi ». Rimbaud a lu *Le Bateau ivre* devant cette assemblée pendant l'hiver sans vraiment convaincre. Trop pitre, l'artiste !

Je ne sais pas si j'ai six… couilles,
Ou six ou sept, entendons-nous,
Ké-ké-ça peut vous fiche ?… arsouilles,
Je ne couche pas avec vous[3].

Au cours de la récitation d'un poème d'un de ses confrères qu'il a ponctué de « Merde ! » retentissants, voici Rimbaud traîné hors de la salle du

1. Paul Verlaine, *Initium.*
2. Paul Verlaine, *Il Bacio.*
3. *Ignorant*, poème de Germain Nouveau.

banquet. Une rixe s'ensuit, le « fumiste réussi » attrape une canne-épée qui passe à sa portée et blesse Étienne Carjat, un artiste photographe qui est en train de tirer son portrait. Celui-ci se vengera en effaçant les négatifs sur verre[4] représentant un adolescent, la mèche en bataille, les lèvres minces, qui vous déteste, qui nous déteste, nous qui le regardons.

Ni statue ni buste au jardin du Luxembourg de celui qui va s'élancer dans « des cieux inabordables » ; en revanche, de Verlaine, un buste assez raté de Niederhausen dit Rodo, inauguré en 1911, pour le quinzième anniversaire de la mort du poète, en présence du président du Sénat.

Stéphane Mallarmé anime le comité de soutien au projet, parmi ses membres figurent Catulle Mendès, Rodin, Robert de Montesquiou, Maurice Barrès, Alexandre Natanson, le directeur de la *Revue Blanche* ; les dons sont reçus au *Mercure de France* ou, rue Racine, à *Vers et Proses*. La soumission se veut internationale, mais très vite la dissension s'installe au sein du comité. Rodin voudrait déplacer la statue de George Sand pour y installer le Prince des Poètes[5], d'autres membres désirent ériger son buste près de celui de Théodore de Banville, son ami. Très vite, la pierre du monument

4. Il ne resterait de cette photo que huit épreuves de l'époque.
5. Élu en août 1894, à la mort de Leconte de Lisle.

se révèle gélive et l'hiver suivant « le service militaire du palais et du jardin a l'honneur de rendre compte que la statue est fendue sur toute la partie du devant du cou et des épaules. C'est à craindre que la tête se détache des épaules aux premières gelées ».

Verlaine est mort rue Descartes, non loin du Luxembourg, dans la déchéance et l'impécuniosité. Chaque mois de janvier depuis sa disparition, tandis qu'on patine sur la glace du grand bassin, se tient le déjeuner des Amis de Verlaine ; l'un après l'autre disparaissent ceux qui ont tenu les cordons du poêle du corbillard de 5e classe [1] qui l'a conduit au cimetière des Batignolles, en face du tout récent palais de justice, où il repose à côté de son fils Georges qu'il n'a pour ainsi dire jamais vu. Le 11 janvier 1915, un des participants au déjeuner se souvient : « Un jour qu'on parlait bustes et statues, Verlaine a dit : "Moi, je demande qu'on installe mon effigie sur une Wallace [2] ; on n'aura pas besoin, ainsi, de faire la dépense d'un socle ; et puis, placé au-dessus de l'eau, j'aurai ma revanche : je pourrai la mépriser de toute ma hauteur…" »

1. Coppée, Mendès, Lepelletier, Barrès et Mallarmé.

2. Point d'eau potable public sous la forme d'un petit édicule en fonte, créé après la Commune, essentiellement à Paris, grâce à Richard Wallace, le philanthrope britannique, et dont les emplacements ont été choisis par E. Belgrand.

CHAPITRE XIV

« *Un temps évaporé*[1] »

Très ému, son petit-fils ou sa petite-fille prononce un discours. Non loin de la statue qu'on inaugure, pour 5 centimes la pesée ou pour un abonnement annuel de 50 francs, le promeneur que ce rassemblement n'attire pas peut contrôler « l'amélioration de sa santé » sur une des sept balances à bascule du jardin. Après 1919, les mutilés de guerre ne payent pas leur siège, depuis 1926, le personnel du Sénat non plus, entre 12 heures et 13 h 30, ce qui ne fait pas l'affaire du concessionnaire, d'autant que les fauteuils pliants envahissent les lieux ; les loueurs de patins à glace ne font plus recette, depuis 1919 on leur a retiré leur licence. L'hiver serait-il moins froid depuis la fin de la guerre au sommet du mont Lucotitius[2] ?

---

1. Marcel Proust, *À la recherche du temps perdu.*
2. Nom latin de la montagne Sainte-Geneviève.

Qui amuse-t-elle, cette petite chronique du jardin du Luxembourg vers 1920 ? Deux nouvelles femmes illustres, inaugurées quelques années auparavant, la première juchée à 1,80 mètre du sol, la seconde à 2,70 mètres, l'une baronne, l'autre comtesse ?

D'abord en plâtre, puis en marbre, la baronne Dudevant, œuvre de F. Sicard, est le contraire de l'image qu'on se fait de George Sand, mais n'a-t-elle pas écrit au début de *Histoire de ma vie* : « Je ne connais rien de plus malaisé que de se définir et de se résumer en personne » ? Cette moricaude à bandeaux est-elle cette femme toute blanche qu'a sculptée l'artiste ? Cette insoumise en pantalons, tirant sur son cigare, cette acharnée, écrivant nuit après nuit, cette mangeuse d'hommes a-t-elle la moindre ressemblance avec cette créature du Luxembourg aux cheveux épars, tenant un livre à la main comme un ouvrage de dame ? Sa petite-fille Aurore Lauth-Sand, présente en 1904 lors de l'inauguration de la statue de sa grand-mère, avait 10 ans à sa mort. Qui voit-elle trente ans après ?

Et qui voit le marquis de Ségur, inaugurant lui aussi la statue de sa grand-mère, entouré de Footit et de Chocolat[1], l'un déguisé en mère

1. Célèbres artistes de cirque, l'un britannique, l'autre cubain.

Mac'Miche, l'autre en âne Cadichon, face à un comité copurchic ? La duchesse d'Uzès, la duchesse de Rohan, la comtesse Greffulhe, la comtesse de Noailles célèbrent Sophie Rostopchine dont le père a fait brûler Moscou sous les yeux de Napoléon. Avec *La Bibliothèque Rose*, elle a inauguré la toute nouvelle *Bibliothèque des Chemins de Fer* lancée par Hachette. De ces huit enfants, de tant de petits-enfants et d'arrière-petits-enfants présents ce jour de 1910, combien se souviennent de cette tertiaire franciscaine qu'elle fut à la fin de sa vie sous le nom de sœur Marie-Françoise ? De gracieux groupes de garçonnets et de fillettes entourent son buste qu'on croit tranquille.

C'est mal connaître les statues, soient-elles de marbre. « Baudelaire n'est pas un monsieur qu'on escamote ! », écrit une dame furieuse au Sénat en 1966 : lors de sa promenade dans les jardins du Luxembourg, elle n'a pas retrouvé le buste de son poète préféré à sa place habituelle ! On lui répond qu'il a été décidé de le transférer dans un endroit plus fréquenté du public, près du jardin fruitier ; pour ce faire, on a déménagé *La lutte moderne,* un groupe du sculpteur Ottin, qu'on dit pudiquement avoir restitué à l'État pour ne pas avouer qu'on l'a mis au placard. La dame ne se calme pas pour autant. Elle a entendu dire que lors du transfert du buste, une bande de potaches a jailli hors du lycée

Montaigne voisin en hurlant et en applaudissant. Et de conclure : « On sait bien que les yé-yé[1] ont fait mieux ! »

Décidé au cours d'une séance du Sénat de juin 1939, inauguré en avril 1941, c'est-à-dire au milieu d'événements parmi les plus dramatiques de l'histoire de France, ce buste de Baudelaire « alors beau comme un dieu, disait de lui Théodore de Banville, son contemporain, avec ses sombres yeux et sa sombre chevelure », était donc bien descendu dans le cœur de cette dame qui le recherchait avec indignation. Derrière le comique de sa lettre, la clé de mes propres recherches sur la statuaire extérieure du Luxembourg, objet initial de ce livre, m'était soudain révélée.

Mais les ténèbres sont elles-mêmes des toiles
Où vivent, jaillissant de mon œil parmi milliers,
Des êtres disparus aux regards familiers[2].

Parmi ces êtres, honoré par un obélisque placé dans l'œil du palais, flanqué des figures de la Justice et de la Vérité, le nom d'un homme qui aujourd'hui ne dit pas grand-chose à grand monde : celui d'Auguste Sheurer-Kestner. Ce Mosellan, opposant au Second Empire, élu

1. Surnom donné aux adolescents des années 1960.
2. Charles Baudelaire, *Obsession*.

député du Haut-Rhin en 1871, devenu sénateur inamovible en 1875, vingt ans plus tard premier vice-président du Sénat, est le dernier représentant de l'Alsace française au Parlement. Est-ce à ce titre qu'on l'honore ou parce qu'il est « l'homme chez lequel va se jouer le plus tragique, le plus passionnant des drames [1] », et que ce drame s'appelle l'affaire Dreyfus ?

Même si les cocotiers sont aujourd'hui les seuls habitants de l'île du Diable et que cette dernière appartient au centre spatial guyanais, flotte encore autour du seul mot « affaire » quelque chose de louche, de confus, quelque chose comme des abois qui n'en finissent pas de résonner, quelque chose qui fait que pendant plus de dix années, de 1895 à 1906, la France s'est demandé « s'il se pourrait donc y avoir un juif innocent ? ».

Un homme en particulier se pose la question : il se nomme Auguste Sheurer-Kestner. Ce chauve, cet industriel protestant, ne s'est pas fait particulièrement remarquer jusque-là par ses interventions au Sénat. « Un jour un doute tombe dans son esprit », poursuit Zola, un doute qui se mue en certitude alors même que le président du Conseil vient de déclarer devant la Chambre : « Il n'y a pas d'affaire Dreyfus. »

---

1. E. Zola, « M. Sheurer-Kestner », article paru dans *Le Figaro* le 25.11.1897.

Le 7 décembre 1897, A. Sheurer-Kestner interpelle ses collègues pour les inciter à demander la révision du procès qui, trois ans auparavant, a condamné le capitaine Dreyfus à la déportation perpétuelle dans une enceinte fortifiée en Guyane. Non seulement c'est peine perdue, mais c'est encore poste perdu : moins d'un mois après l'échec de sa tentative, Auguste Sheurer-Kestner n'est pas réélu à la vice-présidence du Sénat : sur les 229 votants, il n'obtient que 80 voix. Pendant ce temps-là, Alfred Dreyfus vit « des heures de plomb », selon ses propres termes, à l'île du Diable, dévoré par les moustiques, les fourmis, les araignées-crabes ; on craint son évasion, sa case est entourée de palissades de 2,50 mètres de haut, il ne sait rien de ce qui se passe en métropole. Si seulement il n'était ni alsacien ni juif !

Car c'est le procès de l'antisémitisme qu'on va instruire, écrit Zola dans *J'Accuse… !*[1]. Deux jours auparavant, Esterhazy, le traître, vient d'être acquitté à l'unanimité par le conseil de guerre. « Et si l'innocence d'un juif éclatait, quel soufflet pour les antisémites ! » Et pour les généraux, les politiques, les services de renseignements, les commissions spéciales, les ministères de la Guerre et de la Justice, les tribunaux militaires ! Pour les graphologues, les voyantes, les escrocs, les suicidés, les

1. *L'Aurore*, 13 janvier 1898.

journalistes, tout ce qui tourne autour de l'Affaire avec un grand A.

On traite Sheurer-Kestner de « boche », « d'industriel allemand », Zola est condamné à un an de prison pour 18 lignes extraites de son article de *L'Aurore* où il a volontairement et nommément désigné les coupables ; ses biens sont confisqués, il s'enfuit en Angleterre. Louis Leblois, un Mosellan lui aussi, un des avocats de Dreyfus, est suspendu de ses fonctions de maire-adjoint du VIIe arrondissement de Paris et du Conseil de l'Ordre. Esterhazy, l'auteur des faux, file dès son acquittement en Belgique, une partie de l'establishment qui déteste cette république qui a tout juste trente ans, fait feu de tout bois pour la déconsidérer. Le retour en France du capitaine Dreyfus, en 1899, dont le premier jugement a été annulé par la Cour de cassation et la préparation intensive de l'exposition universelle qui doit se tenir à Paris en 1900, vont calmer, espère-t-on, les esprits.

« La vérité finit toujours par triompher », avait assené A. Sheurer-Kestner à ses pairs alors qu'il était bien seul en ce mois de décembre 1897 à la tribune du Sénat. Gracié d'abord, innocenté ensuite, contre l'avis du préfet de police qui craint les troubles, Alfred Dreyfus assiste à l'enterrement de Zola en 1902. Anatole France célèbre ainsi la mémoire de son ami : « Il fut, dit-il, un moment de la conscience humaine. » Auguste Sheurer-Kestner est mort le 19 septembre 1899 d'un cancer de la gorge, le jour même où était signée la grâce du capitaine Dreyfus.

13 juillet 1906, les députés votent la réintégration de celui-ci dans l'armée ; la veille, la Cour de cassation avait proclamé son entière et définitive innocence. Cependant, le capitaine ne retrouve pas « tout l'honneur et toutes les années qu'on lui a ôtés » et ne peut toujours pas, au jour d'aujourd'hui, accéder aux grades d'officier général. Il est question de l'y promouvoir à titre posthume [1].

Au Luxembourg, toujours en cette année 1906, un hommage est rendu à Auguste Sheurer-Kestner. Deux ans plus tard, le président de la République en personne inaugure son monument, œuvre de J. Dalou [2]. En 1908, lors du transfert des cendres de Zola au Panthéon, on tire sur Dreyfus ; celui-ci, réhabilité, décoré de la Légion d'honneur et promu commandant, est légèrement blessé au bras. Six mois plus tard son agresseur est acquitté.

Lors du dixième anniversaire de la mort d'Auguste Sheurer-Kestner, on découvre son obélisque entaillé à coups de ciseau à froid et de marteau et barbouillé

1. *Le Monde* du 27 juillet 2019, entretien avec Vincent Duclert. auteur de *L'Affaire Dreyfus*, La Découverte, 2018.

2. Auteur notamment du *Triomphe de la République*, place de la Nation, à Paris, ancienne « place du Trône », puis « place du Trône Renversé », et du monument d'Eugène Delacroix dans les jardins du Luxembourg.

de rouge. « Vive le Roy ! » « A bas la gueuse ! » Après cent jours de prison préventive, l'auteur des faits est relaxé : il s'agit d'un camelot du roi qui a essayé de briser la statue de Zola à Suresnes.

Ce temps-là s'est-il vraiment évaporé ? N'est-ce plus désormais qu'une question de racines d'arbres ou de feuilles mouillées qui pose problème dans les jardins du Sénat ? Ainsi du monument à la mémoire de Stendhal défendu par l'un des questeurs du Sénat, originaire de Grenoble. L'emplacement envisagé déplaît au jardinier-chef qui s'oppose à l'abattage de deux peupliers de 3,75 mètres de circonférence pour y ériger cette stèle. La guerre de 14 retardera encore la pose d'un médaillon de bronze en l'honneur de celui qui déclarait ne vouloir « rien de parisien, rien de vaudevillesque » et disait « abhorrer ce genre ». Ainsi le comité du centenaire de George Sand qui s'inquiète des feuilles mortes qui noircissent la statue de l'auteur de *La Mare au diable*...

Et quand ce ne sont pas des querelles végétales, ce sont des querelles de personnes : le comité de l'un veut la place de l'autre et ces statues qu'on croit figées déménagent tout le temps. *Le Pèlerin calabrais* disparaît pour faire de la place à Verlaine que son comité de soutien désire voir dans le coin des poètes, près du buste de Théodore de Banville ; aujourd'hui, ils sont à l'opposé l'un de l'autre. Rodin se met tout le monde à dos en voulant déplacer George Sand, les questeurs n'en peuvent plus d'être sollicités, ils trouvent le jardin « encombré ».

Eugène Delacroix, son écharpe autour du cou et l'air enrhumé, encore une œuvre de Jules Dalou, déplaît à ses contemporains qui transforment « L'hommage » à Delacroix en « Dommage » à Delacroix. Trente ans après son inauguration, le buste de Sainte-Beuve, nommé sénateur sous le Second Empire, vieillit mal : les citoyens de Boulogne-sur-Mer, la ville natale de l'écrivain, à travers leur sénateur, s'en émeuvent.

D'autres se souviennent en organisant des cortèges : ainsi les Rosati de France de Watteau, le Valenciennois, leur compatriote ; l'Union corporative et nationale des Montreurs de Marionnettes de George Sand, leur amie ; les sénateurs de leurs illustres bibliothécaires, Leconte de Lisle, Louis Ratisbonne, l'abbé Tigrane, Hérédia ; les économistes de Frédéric Le Play, fondateur de la Société de l'économie sociale. Les admirateurs de Flaubert proposent en cadeau un plâtre de Clésinger et la veuve de Bartholdi offre un modèle réduit de la statue de la Liberté éclairant le monde[1].

Éclaire-t-elle le monde, cette réplique de la réplique ? Et que se disent le soir venu ces

1. Retirée en 2012 pour des raisons de conservation, elle est désormais exposée au musée d'Orsay et remplacée par une réplique réalisée par le Sénat.

statues traînant leurs siècles quand les grilles du Luxembourg se referment sur elles à la nuit tombante ? Et que seuls retentissent dans les allées les pas des gendarmes qui font leur ronde ? Parlent-elles de ces quatre millions de visiteurs annuels qui se prennent en photo sous leurs pieds et dissipent sous leur nez, selon l'expression de Baudelaire, « leur parfum de bélier » ? Ingres fait-il la cour à Berthe au Grand Pied et Clémence Isaure prend-elle un verre avec Pierre Mendès France ? Entend-on dans le lointain qu'il est temps de rentrer ses moutons ?

J'entends sous le feuillage
L'eau qui tombe à grand bruit.
Voici venir l'orage
Voici l'éclair qui luit[1].

Aux *Enfants supportant une vasque*, il est bien égal qu'il pleuve, ils adorent ça. Mais bientôt il pleuvra des bombes…

Entends-tu le tonnerre ?
Il roule en approchant.
Prends un abri bergère
À ma droite en marchant.

---

1. Chanson que Fabre d'Églantine, son auteur, aurait fredonnée en montant ici même à l'échafaud.

CHAPITRE XV

La Luftwaffe

Quand il a jeté dans le fourgon qui quitte en toute hâte le Petit Luxembourg, ce 18 août 1944, les morceaux d'un dromadaire et d'un zèbre volés dans le jardin, où ce soldat allemand avait-il la tête ? Le camion évacue les effets personnels du maréchal Sperrle, chef d'état-major de la Luftwaffe pour le front Ouest, qui occupe les lieux depuis le début de la guerre et n'a cure de s'encombrer de vieilles pierres. La bataille de Paris fait rage, depuis le 12 août, six cents SS et une compagnie de la Schult Polizei remplacent les soldats de la Luftwaffe et le feld-maréchal, le monocle vissé à l'œil droit, est l'un des derniers haut gradés à partir.

C'est une véritable ville dans la ville qu'il quitte : entre le Grand et le Petit Luxembourg 1 500 personnes y logent depuis quatre ans. On pourrait presque dire qu'il s'agit d'une ville allemande : les sous-sols ont été ripolinés de fond en comble, le service général d'eau chaude a été entièrement refait ;

on a cloisonné les salons, créé des salles de bains, des glacières, un four à pâtisserie, un four à boulangerie, installé un monte-charge électrique, ouvert un bar, supprimé les sonneries, bref on a essayé d'adapter les lieux à des usages domestiques très différents de ceux d'un parlement. Tout cela dès l'été 1940, avec une désinvolture qui a indigné le président du Sénat[1].

Mais où donc est passé celui-ci depuis que Paul Reynaud, le président du Conseil, y a pris la parole le 21 mai 1940 : « Messieurs, la patrie est en danger » ? Depuis cette dernière séance, les sénateurs, tout au moins ceux qui l'ont pu, ont suivi l'errance du gouvernement, Tours, Bordeaux, Clermont-Ferrand, Vichy, où les deux Chambres arrivent en zone libre le 3 juillet 1940 ; une semaine plus tard, elles se réunissent en Assemblée nationale au Grand Casino. Entre-temps le nouveau président du Conseil, le maréchal Pétain, a signé l'armistice à Rethondes. 80 parlementaires, dont 23 sénateurs sur 569 votants, refusent ce jour-là de lui accorder les pleins pouvoirs[2]. Dès le lendemain, les Chambres sont « ajournées » jusqu'à nouvel ordre.

---

1. Lettre du 9 octobre du président Jules Jeanneney au maréchal Pétain.

2. Le maréchal Pétain publie aussitôt 3 actes constitutionnels dont le 1er stipule que la Chambre des députés et le Sénat subsistent « jusqu'à ce que soient formées les nouvelles assemblées ». Ces actes seront déclarés nuls et non avenus par l'ordonnance du 9.08.1944 relative au rétablissement de la légalité républicaine.

Une partie de l'administration du Sénat demeure rue Guynemer, son siège étant transféré à Châtel-Guyon, et fonctionne tant bien que mal sous les ordres de la questure. L'architecte en chef du palais, Marcel Macary, court partout pour déménager les ouvrages les plus précieux qui partent pour Tours, comme prévu, afin de protéger « les lieux historiques » du palais, escalier, salle des Conférences, hémicycle, galerie des Bustes, etc. La bibliothèque est transformée en central téléphonique, les rayonnages sont recouverts de contre-plaqué, les fenêtres murées, les combles vidés en raison des risques d'incendie. À quelques exceptions près, plus aucun fonctionnaire français n'est admis à pénétrer dans les lieux. De fait, le Sénat n'existe plus. L'année suivante, c'est au tour des statues d'être menacées…

Une loi relative à leur enlèvement en vue de la refonte des alliages cuivreux est votée en 1941 ; on demande au questeur d'en dresser une liste : Léon Cladel [1] et Frédéric Le Play sont les premiers à disparaître ; d'autres suivront, Bailly, *Les danseurs russes*, les bustes de Chopin, Murger, Watteau, Hérédia. Les promeneurs n'osent dire mot devant ces socles vides, bien contents d'avoir retrouvé une partie du jardin ; les fruitiers continuent à être taillés, l'enseignement se poursuit, le public a accès

1. 1835-1892, romancier et nouvelliste français.

le samedi après-midi aux potagers du personnel et l'été la maraude des fruits n'y va pas de main morte. Sans doute aussi le marché noir... Des concerts militaires remportent un vif succès.

Côté palais, une partie du jardin a été privatisée par la Luftwaffe : les pelouses ont été transformées en champs de pommes de terre, la fontaine Médicis, petit à petit, sert de piscine l'été. Le maréchal Sperrle aime les fleurs, la musique, le champagne. Ce dur de dur a été à la tête de la légion Condor pendant la guerre d'Espagne : environ 19 000 volontaires allemands, le plus souvent des effectifs de l'armée de l'air, s'y sont engagés entre 1936 et 1939. Leur chef ne dépendait que du général Franco. Le bombardement de Guernica en avril 1937, c'est eux : 1 654 morts, 889 blessés. Hugo Sperrle a brillamment dirigé la Luftflotte 3 [1] pendant la bataille de France en mai et juin 1940, ce qui lui a valu d'être nommé generalfelfmarshall en juillet et, un mois plus tard, de devenir le successeur au Petit Luxembourg de la Grande Mademoiselle, de Jouflotte, du comte de Provence, de Bonaparte.

Dès 1943, il a hérissé le Sénat de défenses extérieures, construisant sur son flanc est un blockhaus qui atteint le premier étage du palais. Ce ne sont que meurtrières, nids de mitrailleuses, tranchées,

---

1. Une des principales divisions de la Luftwaffe qui joua un rôle majeur dans la bataille d'Angleterre de juin 1940 à avril 1941.

barbelés, filets de protection sur cette façade qui donne sur la rue de Médicis et la place Edmond-Rostand, surveille le boulevard Saint-Michel et la rue Soufflot. Dessous s'étend une ville souterraine car au fur et à mesure qu'il se protège à l'extérieur, l'état-major de la Luftwaffe s'enfonce sous terre. Sous le blockhaus une grande galerie de circulation nord-sud est creusée, qui doit desservir 10 galeries perpendiculaires, dont 7 sont terminées le 14 août 1944. À cette date-là, les abris anti-aériens sont prêts, les chambres de mines attendent l'ordre de mise à feu qui n'arrive pas.

Le feld-maréchal est soucieux. Après chaque repas qu'il aime copieux, il prend un bain de vapeur et se pèse ; les jardiniers qui le voient promener chaque jour son grand lévrier blanc en ont une frousse bleue ; 25 soldats allemands arrosent nuit et jour à la lance la cour de la présidence car rien n'agace autant Hugo Sperrle que d'avoir à traverser cet espace étouffant sur lequel chaque coup de talon de ses bottes résonne. Son bureau est situé à 14 mètres sous terre, on a beau lui apporter des sorbets, il sait en ce mois d'août 1944 que la situation est désespérée. Il n'a pas eu la chance, comme le général von Choltitz qui vient d'être nommé gouverneur-général du Grand-Paris[1], de

1. Le 7 août 1944, avec les pouvoirs juridictionnels d'un « commandant de place forte assiégée ».

rencontrer Hitler au début du mois et, devant « cet être tremblant et physiquement ruiné »[1], d'avoir l'impression d'être face à un fou, pour savoir que ses jours sont en danger et que l'ordre de repli est le signe avant-coureur de la défaite allemande.

Hormis le monocle, ces deux hommes n'ont rien en commun ; sans doute se détestent-ils. Le 19 août, von Choltitz accepte le cessez-le-feu, mais les nouveaux occupants allemands du Luxembourg n'en ont cure : Sperrle parti, des troupes de choc cantonnées au lycée Montaigne voisin ont été amenées en renfort et les FFI seuls ne peuvent venir à bout de leur résistance. L'avant-veille, quatre d'entre eux et un gardien de la paix ont été capturés par les assiégés. On retrouvera leurs cadavres les yeux crevés et les ongles arrachés dans une tranchée creusée dans le jardin où une stèle honore aujourd'hui leur mémoire. Il faut l'arrivée du général Leclerc et de la 2e D.B. pour que le colonel Fabien, responsable FTP pour le Sud parisien, avec l'aide de complicités à l'intérieur du palais, libère le Sénat en fin d'après-midi, le 25 août 1944.

Vingt jours auparavant, le commissaire français à la mobilisation des métaux avait fait enlever du jardin *La Liberté éclairant le monde* la statue de Bartholdi donnée au Sénat par sa veuve. Le buste

1. *Mémoires*, publiés en 1950 sous le titre : *Un soldat parmi les soldats*.

de Chopin, lui, attendra le 150e anniversaire de sa mort, en 1999, pour revenir au Luxembourg. Cadeau du gouvernement polonais… Au même moment que Paris, en ce mois d'août 1944, Varsovie, sa capitale, se soulevait elle aussi.

Le spectacle qui attend les acteurs de la libération de Paris est consternant : balustrades brisées, grilles tordues, arbres abattus, escaliers défoncés : les chars Panthers allemands du 5e régiment de sécurité, sous les ordres du colonel von Berg, ont labouré le jardin : la plupart gisent éventrés ou abandonnés. Les murs du palais sont noircis, criblés de balles – les impacts se verront longtemps boulevard Saint-Michel sur la façade de l'école des Mines.

L'intérieur respire la débandade, des fauteuils de cuir des sénateurs il ne reste que le bois et la bourre, on a tiré à bout portant dans les glaces, balafré les tableaux ; des saladiers pleins de cervelas gisent sur des cartes d'état-major piétinées, la chapelle est jonchée de vêtements en loques. G. Ravon, journaliste au *Figaro*, qui pénètre dans les lieux le 4 septembre 1944, intitule son article : « Les Allemands ont pillé le Sénat ».

Deux mois plus tard, le jardin est rouvert au public, beau vaisseau qui reprend le large[1], au son d'un concert et les portes du palais déminé,

1. Charles Baudelaire, *Le beau navire*.

décloisonné et retapé à la hâte s'ouvrent pour accueillir l'Assemblée consultative provisoire qui s'y réunit jusqu'au mois d'août 1945. « Il serait vain, avait dit le général de Gaulle lors de son discours inaugural pour installer cette assemblée à Alger, en novembre 1943, de vouloir lui chercher un précédent historique. »

Tout est provisoire en ce temps-là : les institutions, le gouvernement qui légifère par ordonnances [1], le Sénat, cette instance que le Général, dans ses *Mémoires de guerre*, qualifiera plus tard « d'exutoire aux bouillonnements » de la Résistance. Les bâtiments eux-mêmes sont ébranlés : un échafaudage étaie le pavillon nord-est du Luxembourg qui accueille en 1946 la conférence pour la Paix. 1 500 délégués et journalistes venus du monde entier regardent à nouveau le soleil se coucher sur l'Observatoire. Un jardinier a retrouvé la queue d'un zèbre et la patte d'un dromadaire cachées sous un massif de laurier et s'est demandé à quoi donc pensait l'inconnu qui s'était enfui en cette fin du mois d'août 1944 en emportant des morceaux de la langue muette des statues.

---

1. Celle du 2 avril 1944, avec l'amendement Grenier, donne le droit de vote aux Françaises.

Une oreille ouverte

Deux ans avant sa mort, Victor Hugo rédige ses dernières volontés : « Je donne cinquante mille francs aux pauvres. Je désire être porté au cimetière dans leur corbillard. Je refuse l'oraison de toutes les églises ; je demande une prière à toutes les âmes. Je crois en Dieu. »

Son enterrement est donc un enterrement civil. Les becs de gaz allumés en plein jour sous leur crêpe, ce 1er juillet 1885, semblent « un œil rouge sombre [1] » qui voit défiler une foule comme on n'en a pas connue depuis le retour des cendres de Napoléon [2].

Et comme on n'en a jamais revue depuis. C'est la République qu'on porte en triomphe au Panthéon sous les traits de ce vieux monsieur à la barbe blanche qui meurt avec son siècle. Nommé

1. Abbé Mugnier, *Journal*, Le Mercure de France.
2. 1840.

pair de France par Louis-Philippe en 1845, Hugo avait 43 ans ; quand il siège pour la première fois au Luxembourg, il voisine à sa droite avec un maréchal d'Empire et à sa gauche avec un homme qui a jugé Louis XVI[1]. Quarante ans plus tard, Hugo est toujours sénateur.

Des institutions ou des pierres, qui a la peau la plus dure ? Quand on voit ce pauvre Conseil de la République à la survie chichement accordée par la constitution de 1946 et le Sénat d'aujourd'hui, avec son budget de fonctionnement annuel de 316 millions d'euros[2], on mesure le chemin parcouru par cette institution tout juste tolérée à la fin de la Seconde Guerre mondiale et combien les sénateurs sont d'habiles jongleurs.

Sous la IVe République, plus de pouvoir législatif, des membres devenus des « conseillers » et un seul et même président pendant onze ans, Gaston Monnerville.

« Grignote, grignote, qui grignote ma maison ? », demande dans le conte de Grimm la sorcière qui sort de sa cabane pétrie de pain et recouverte de gâteaux dont Hansel mange le toit et Grethel lèche les carreaux ? Qui grignote pendant tant d'années la méfiance du pouvoir – et pas que du pouvoir – à l'égard de la Chambre Haute ? Le flirt de la France

1. Louis-Gustave Doulcet de Pontécoulant, représentant du Calvados à la Convention.

2. 2019.

avec le bicamérisme poursuit sa longue histoire : redevenu le Grand Conseil des communes de France en 1949, retrouvant cette même année son droit d'interpellation, le Sénat fait élire en 1953 son vice-président, René Coty, à la présidence de la République, et recouvre l'année suivante l'initiative des lois et le rétablissement de la navette.

Devant cet archet qui mord sans cesse sur le violon du pouvoir, tenu à distance par le général de Gaulle, le Luxembourg va lui tendre, sans le vouloir, la plus imprévisible des embûches après Mai 68. Le double projet du chef de l'État de réforme des régions et du Sénat rencontre le non. Comme s'il s'était évadé de sa cage, le président de la deuxième chambre devient le second personnage de l'État et le président de la République par intérim en cas de vacance du pouvoir. Le Sénat survit aux cohabitations, fête son centenaire, le dépasse maintenant de près d'un demi-siècle.

Le palais sent bon le matin, quand les femmes de ménage rangent leur aspirateur, quand les tapis rouges ont retrouvé une mystérieuse résurrection et les toilettes leur fraîcheur, quand la coupole de Delacroix s'apprête à recevoir la visite des provinciaux et des groupes scolaires invités par leur sénateur, et de quelques enfouis de bibliothèque comme moi. Les corneilles du jardin ressemblent furieusement aux corneilles de Marie de Médicis et les statues des reines de France ont été rejointes après la guerre par les bustes de Zweig, de Beethoven et de Branly.

Opposant perpétuel au général de Gaulle, président du Conseil de la République, puis du Sénat, pendant vingt et un ans, la statue de Gaston Monnerville regarde depuis l'extérieur des grilles cette « chaîne brisée » qui rend hommage aux « esclaves des colonies françaises » dont il descend. Inaugurée par François Mitterrand, celle de Pierre Mendès France a remplacé *Le chapiteau des baisers...*

Depuis quand n'entend-on plus le roulement du tambour qui annonçait la fermeture du jardin aux visiteurs – parfois cent mille certains dimanches d'été ? Qui se souvient encore des chaisières disparues depuis plus de quarante ans ? D'un « gringalet qui n'intéressait personne », comme se dépeint Jean-Paul Sartre ? D'Anatole France, traversant la terrasse, gibecière au dos et sa toupie dans la poche ? De Gide qui, bien sûr, se déteste : « Je ne revois en moi qu'ombre, laideur, sournoiserie », et des crises de fureur qui jetaient au sol, « violette et convulsée », une petite fille nommée Simone de Beauvoir [1] ?

Et pourquoi une croix surmonte-t-elle aujourd'hui le Panthéon redevenu tout à fait civil par les décrets présidentiels du 26 mai 1885 ?

1. Dominique Jardillier, *Le Jardin du Luxembourg*, *op.cit.*

Comme si personne ne savait très bien, entre la crypte et le sommet d'une coupole haute de 83 mètres, dédiée « aux grands hommes » par « la patrie reconnaissante », ce qu'il advient. « Le cercueil est une oreille ouverte », écrivait Victor Hugo à Louis Blanc pour le remercier de son discours lors des obsèques civils de son fils, François-Victor, au Père-Lachaise – le deuxième fils qu'il perdait en moins de trois ans. « On y entend déjà le ciel et on y entend encore la terre. »

J'adresse mes remerciements à Monsieur David Alphand, conseiller, à la direction de la Bibliothèque et des Archives du Sénat et en particulier à Madame Pauline Debionne, archiviste ; aux peintres, graveurs, dessinateurs, caricaturistes, sculpteurs, grâce à eux, j'ai « vu » la plupart des personnages de ce livre.

SÉRIE DES REINES ET FEMMES ILLUSTRES

Commandée à partir de 1843 pour le jardin du Luxembourg et de leurs sculpteurs

Anne d'Autriche *1601-1666*
Anne de Beaujeu *1462-1522*
Anne de Bretagne *1477-1514*
Berthe ou Bertrade circa *726-783*
Blanche de Castille *1188-1252*
Jeanne d'Albret *1528-1572*
Louise de Savoie *1476-1532*
Marguerite d'Anjou *1429-1482*
Marguerite de Provence *1221-1295*
Marguerite de Valois-Angoulême *1492-1549*
Marie de Médicis *1573-1642*
Marie Stuart *1542-1587*
La Reine Mathilde circa *1031-1083*
Anne-Marie-Louise d'Orléans *1627-1693*
Valentine de Milan *1370-1408*
Sainte Clothilde circa *475-545*
Sainte Geneviève circa *420-512*
Laure de Noves *1307-1348*
Clémence Isaure circa *1450-1500*
Sainte Bathilde circa *630-680*

Anne d'Autriche (1601-1666)

Reine et régente de France, épouse de Louis XIII, mère de Louis XIV nommé Louis-Dieudonné, ce deuxième prénom attestant les circonstances presque miraculeuses de sa naissance, et de Philippe d'Orléans. Fait casser le testament de Louis XIII par le parlement de Paris convoqué par ses soins en lit de justice 5 jours après la mort du souverain.

Quitte le Louvre pour s'installer au Palais Cardinal qui devient le Palais-Royal. Assume la régence du royaume de 1643 à 1661 avec Mazarin qu'elle a nommé Premier ministre. Héroïne des *Trois Mousquetaires* d'Alexandre Dumas (les ferrets de la reine).

Fondatrice du couvent du Val-de-Grâce en 1624.

Sculpteur : Marius-Joseph Ramus (1805, Aix-en-Provence, 1888).

Date d'introduction dans le jardin : 1847.

Anne de Beaujeu (1462-1522)

Régente de France, fille aînée de Louis XI qui la décrit ainsi : « Elle est la moins folle des filles de France, car de sage il n'y en a point. » Gouverne la France jusqu'à la majorité de son frère, le roi

Charles VIII, qu'elle marie à Anne de Bretagne. Tient à Moulins d'où est originaire son mari, Pierre de Beaujeu, duc de Bourbon, une des cours les plus fastueuses d'Europe. Tous deux donateurs du triptyque de *La Vierge en gloire*, exécuté sans doute entre 1498 et 1501 par le maître de Moulins pour la cathédrale du lieu où il est toujours exposé.

Inhumée au prieuré de Souvigny, Allier, capitale spirituelle des Bourbons qui y ont célébré en 2015 le onzième centenaire de la fondation de leur maison.

Sculpteur : Édouard Gatteaux (1788, Paris, 1881).
Signée : 1846.

Anne de Bretagne (1477-1514)

Dernière duchesse de Bretagne (où la loi salique ne s'appliquait pas), deux fois reine de France, épouse de Charles VIII qui se cogne la tête contre un linteau et meurt à Amboise en 1498, à 27 ans, puis de Louis XII, fils du poète Charles d'Orléans. Boitille. Toujours entourée d'une garde de gentilshommes bretons. Son mari la surnommait « petite Brette » et lui écrivait tous les jours quand il était en campagne. Belle-mère de François Ier qui annexera la Bretagne au royaume de France en 1532, dix-huit ans après sa mort.

Ses funérailles à Saint Denis durent 40 jours. « La reine est morte ! La reine est morte ! La reine est morte ! »

Sculpteur : Jean De Bay fils (1802, Nantes, 1862).
Signée : 1847.

Berthe ou Bertrade (circa 726-783)

Née avec un pied plus grand que l'autre, d'où son nom de Berthe au Grand Pied. Épouse de Pépin le Bref, maire du Palais, qui a relégué sa première femme dans un monastère pour fonder avec elle « la dynastie de la seconde race », c'est-à-dire des Carolingiens. Épousée canoniquement par Pépin peu avant la naissance de son deuxième enfant, Charlemagne, futur empereur d'Occident.

Pépin proclamé roi des Francs par l'assemblée des vassaux et des dignitaires. Enterrée avec lui à Saint-Denis, tombe brisée 1 010 ans plus tard, en 1793, sur laquelle on lisait : « BERTA, MATER CAROLI MAGNI. »

Sculpteur : Eugène-André Oudiné (1810, Paris, 1887).
Signée : 1848.

Blanche de Castille (1188-1252)

Reine et régente de France, épouse de Louis VIII, elle est la petite-fille d'Aliénor d'Aquitaine, reine de

France et reine d'Angleterre. Octogénaire, elle se rend à la cour d'Espagne pour choisir parmi ses descendantes la future reine de France.

Mère de Louis IX, futur Saint Louis, « Tant l'aimer que nulle mère pouvait aimer ni fils ni frère ». Le marie à Marguerite de Provence.

Prend l'habit de religieuse de l'abbaye cistercienne de Maubrisson, près de Pontoise, où elle meurt en 1252 et où est inhumée « la reyne blanche comme lys ».

Sculpteur : Augustin Dumont (1801, Paris, 1884).
Date d'introduction dans le jardin : 1850.

Jeanne d'Albret (1528-1572)

Reine de Navarre par son père, Henri d'Albret, épouse à Moulins Antoine de Bourbon, premier prince du sang. Au centre des conflits religieux, se convertit officiellement au calvinisme en 1560. Meurt empoisonnée, dit-on, par une paire de gants parfumés offerte par Catherine de Médicis en 1572, deux mois avant la Saint-Barthélemy. Mère du futur Henri IV.

Son mari, Antoine de Bourbon, au cours d'une tournée d'inspection qu'il effectue comme lieutenant-général du royaume lors du siège de Rouen tenu par les protestants, allant « tomber de l'eau », comme disait mon père, sous les remparts de la ville, reçoit un coup d'arquebuse et meurt un mois plus tard (1562), ce qui lui vaut cette épitaphe de Voltaire : « Ami François, le prince ici gisant vécut sans gloire et mourut en pissant ».

Sculpteur : Jean-Louis Brian (1805, Avignon, 1864).
Date d'introduction dans le jardin : 1848.

Louise de Savoie (1476-1532)

Régente de France, épouse de Charles d'Angoulême et mère de François Ier. En raison de la loi salique n'a pas le droit de régner, mais seulement de transmettre ce droit à son fils aîné qui deviendra roi en 1515.

Pendant la captivité de ce dernier en Italie, après le désastre de Pavie, elle dirige la France avec ses yeux « couleur d'ardoise mouillée ». Obtiendra la libération de ses petits-fils retenus en otages sous la garde de René de Cossé et de sa femme, contre la fabuleuse somme de près de 4 tonnes d'or.

Sculpteur : Auguste Clésinger (1814, Besançon, 1883), gendre de George Sand.
Signée : 1847.

Marguerite d'Anjou (1429-1482)

Reine d'Angleterre, fille du bon roi René.

Épouse, puis veuve d'Édouard VI, roi d'Angleterre. Personnage central de la guerre des Deux-Roses qui oppose la maison royale des Lancaster (rose rouge) à celle des York (rose blanche), toutes deux prétendantes aux droits de succession à la couronne d'Angleterre. Une des héroïnes de la pièce de Shakespeare, *Richard III*, au cours de laquelle elle apostrophe sa rivale, la reine Élisabeth, femme d'Édouard IV, en ces termes : « Pauvre ombre, reine en peinture, tu es la représentation de ce que j'ai été, l'image attrayante d'une horrible parade ; (...) tu es une dignité d'enseigne, un souffle, une billevesée ; tu es une reine de comédie ! » Seule statue du jardin à être représentée avec un deuxième personnage, son fils, Édouard de Westminster, décapité en 1471, l'enlaçant.

Sculpteur : Ferdinand Taluet (1821, Angers, 1904).

Date d'introduction dans le jardin : 1877.

Marguerite de Provence (1221-1295)

Reine de France, épouse de Louis IX, dit Saint Louis.

À l'origine de la construction de l'abbaye de Royaumont où sont enterrés trois de ses enfants et de la Sainte-Chapelle bâtie en 7 ans au cœur du Palais Royal situé sur l'île de la Cité, achevée en 1248, afin d'abriter les reliques de la passion du Christ achetées à prix d'or à l'empereur de Constantinople.

Accompagne son époux en Égypte, où elle mettra au monde trois de ses enfants.

Belle-fille de Blanche de Castille qui ne « pouvait souffrir que son fils fût en compagnie de sa femme, si ce n'est le soir quand il allait coucher avec elle ».

Sculpteur : Honoré Husson (1803, Paris, 1864).
Date d'introduction dans le jardin : 1847.

Marguerite de Valois - Angoulême (1492-1549)

Reine de Navarre, sœur aînée de François Ier et grand-mère de Henri IV, ainsi décrite par Clément Marot : « Corps féminin, cœur d'homme, tête d'ange. » Surnommée « La dixième des muses » pour son recueil de nouvelles « L'Heptaméron » (1559). La légende veut que sa mère, prise d'une envie d'huîtres pendant sa grossesse, ait avalé une perle (du grec *margaritês*), d'où le prénom de sa fille aussi surnommée « La perle des Valois ».

Sculpteur : Joseph Lescorné (1799, Langres, 1872).
Date d'introduction dans le jardin : 1845.

Marie de Médicis (1573-1642)

Reine et régente de France, deuxième épouse d'Henri IV, mère de Louis XIII et de Gaston d'Orléans, grand-mère de Louis XIV et de l'infante Marie-Thérèse d'Espagne qui apporte ainsi à la France des prétentions sur son trône et sur ses possessions.

Bâtisseuse du palais du Luxembourg, personnage central de ce livre.

Sculpteur : Louis, Denis Caillouette (1790, Paris, 1868).
Date d'introduction dans le jardin : 1847.

Marie Stuart (1542-1587)

Reine d'Écosse à l'âge de six jours, reine de France pendant un an et demi, belle-fille de Catherine de

Médicis, épouse de François II, son fils aîné, mort sans descendance à 26 ans.

Victime d'une « éternelle captivité » que lui valent ses écarts de conduite à son retour en Écosse, exécutée au bout de dix-huit ans pour complot de meurtre contre Elizabeth Ire, reine d'Angleterre, sa cousine ; laissant s'enfuir lors de sa décapitation le sang des Tudors, des Valois et des Stuarts, son petit chien blotti contre son cœur, « tenant dans ses mains gantées couleur de feu une croix en ivoire (...) ses lèvres continuant à frémir et ses dents à claquer un quart d'heure encore », Stefan Zweig, *Marie Stuart.*

Sculpteur : J.J. Feuchère (1807, Paris, 1852).
Date d'introduction dans le jardin : 1846.

La Reine Mathilde (circa 1031-1083)

Mathilde de Flandre, duchesse de Normandie et reine d'Angleterre, épouse Guillaume le Bâtard devenu Guillaume le Conquérant, puis roi d'Angleterre, après la bataille de Hastings. Héros de la tapisserie exécutée pour la cathédrale de Bayeux après cette victoire glorifiant l'épopée normande.

Son mari, dit-on, la traînait par les cheveux dans les rues de Rouen, mais pleura « à profusion à sa mort pendant de nombreux jours ». L'un enterré à l'abbaye aux Hommes, à Caen, l'autre à l'abbaye aux Dames.

Sculpteur : J.-J. Elshoecht (1797, Bergues, 1856).
Date d'introduction dans le jardin : 1850.

Anne-Marie-Louise d'Orléans (1627-1693)

Dite la Grande Mademoiselle, duchesse de Montpensier, fille de Gaston de France, frère cadet de Louis XIV, filleule du cardinal de Richelieu et d'Anne d'Autriche qu'elle appelait « sa petite maman ».

Frondeuse dans l'âme, la princesse la plus riche et la plus titrée d'Europe, folle amoureuse à 43 ans. « J'ai l'air haut sans avoir l'air glorieux », disait-elle d'elle-même pour en arriver à cette triste conclusion : « Avec tous les avantages que Dieu m'a donnés, j'ai été malheureuse toute ma vie. »

Sculpteur : Camille Demesnay (1815, Besançon, 1890).
Date d'introduction dans le jardin : 1848.

Valentine Visconti, dite de Milan (1370-1408)

Épouse de Louis d'Orléans, frère du roi de France, Charles VII, qui lui donne dix enfants. Après l'assassinat de son mari par Jean sans Peur, duc de Bourgogne, elle fait graver sur les murs du château de Blois qu'elle habite : « Rien ne m'est plus, plus ne m'est rien. » Mère de Charles d'Orléans, le poète, auteur du « Nonchaloir », prisonnier des Anglais après le désastre d'Azincourt (1415) pendant un quart de siècle.

« Pourquoi m'as-tu vendu, Jeunesse,
À grand marchié, comme pour rien,
Es mains de ma dame Viellesse
Qui ne me fait gueres de bien. »

Sculpteur : Victor Huguenin (1802, Dôle, 1860).
Date d'introduction dans le jardin : 1846.

Sainte Clothilde (circa 475-545)

Princesse burgonde, reine des Francs, seconde épouse de Clovis qu'elle fait baptiser à Reims par Rémi, évêque du lieu, à la fin du ve siècle. Conséquences : christianisation de la Gaule et triomphe sur l'hérésie arienne.

Après Tournai et Soisson, Clovis et Clothilde font de Lutèce leur capitale qu'ils nomment Paris, du nom de l'ancienne tribu gauloise des Parisii.

Sont inhumés à côté de sainte Geneviève dans la basilique des Saints-Apôtres qu'ils ont construite (l'actuelle église Sainte-Geneviève) et dont il ne reste que la tour Clovis dans la cour du lycée Henri-IV.

Canonisée en 1550-1560, ainsi que son petit-fils Clodoald, moine de l'abbaye de Nogent-sur-Seine, plus connu sous le nom de saint Cloud.

Marraine de l'aviation légère de l'armée de terre, car, grâce à ses prières, dit-on, Clovis fut victorieux à Tolbiac en « submergeant l'ennemi sous le feu du ciel » ce qui est la fonction même des hélicoptères de combat !

Sculpteur : J.-B.-J. Klagmann (1810, Paris, 1867).
Date d'introduction dans le jardin : 1847.

Sainte Geneviève (circa 420-512)

Patronne de Paris, née à Nanterre dans une famille aisée. Se consacre à Dieu enfant et jure de rester vierge.

Admise au Conseil de la ville de Lutèce qu'elle défend contre les Huns conduits par Attila qui passe le Rhin.

Septuagénaire lors du baptême de Clovis, ses ossements seront brûlés en place de Grève et ses cendres jetées à la Seine treize siècles plus tard. Quelques reliques demeureraient dans sa châsse actuelle à l'église Saint-Étienne-du-Mont, dans le Ve arrondissement de la capitale.

A donné son nom à une montagne qui s'appelait auparavant le mont Lucotitius. Patronne de la Gendarmerie depuis 1962, sur la demande du bienheureux Jean XXIII.

Puvis de Chavannes lui a consacré un cycle de peintures au Panthéon et Paul Landowski a érigé sa statue en 1928 sur le pont de la Tournelle.

Sculpteur : Michel-Louis-Victor Mercier (1810, Meulan, 1894).

Commandée en 1843, cette statue non signée est donc la première femme illustre à être représentée au Luxembourg.

Date d'introduction dans le jardin : 1845.

Laure de Noves (circa 1307-1348)

Ou Laure de Sade, ancêtre du marquis de Sade et de Marie-Laure de Noailles, muse de Pétrarque qui disait d'elle longtemps après qu'elle a disparu : « Mon esprit tremble encore à ce souvenir. »

Née en Avignon devenu depuis quelques années le siège de la Papauté.

En 1553, le poète Maurice Scève fait rouvrir sa tombe pour la contempler : « La mort elle-même paraissait belle sur son beau visage », et François Ier se rend exprès en Avignon pour se recueillir devant sa pierre sépulcrale, au couvent des Cordeliers. Épouse de Hugues II de Sade, mère de 11 enfants.

Existence parfois remise en question, notamment par Voltaire, écrivant à l'abbé Jacques de Sade : « Je ne crois pas du tout que Pétrarque ait été assez sot pour aimer vingt ans une ingrate », alors que Victor Hugo lui rend cet hommage : « Il aima une femme et il charma le monde. »

Sculpteur : Auguste Ottin (1811, Paris, 1890).
Date d'introduction dans le jardin : 1846.

Clémence Isaure (circa 1450-1500)

Née à Toulouse ; personnage semi-légendaire à qui on attribue la fondation (ou la restauration) au début du XVe siècle des Jeux Floraux de Toulouse, une des plus anciennes sociétés littéraires du monde occidental. Cinq fleurs d'or ou d'argent – la violette, l'églantine, le souci, l'amarante et le lys – récompensent les lauréats. À 17 ans, en 1819, Victor Hugo reçoit le lys d'or.

Frédéric Mistral, le félibrige languedocien, prix Nobel de littérature (1904) en est maître ès jeux. En 1895, sous son influence, l'académie redevient bilingue, retrouvant ainsi son but initial : protéger le beau parler occitan devant la langue importée du Nord, la langue d'oïl, c'est-à-dire la langue romane, c'est-à-dire le français !

Sculpteur : Auguste Préault (1809, Paris, 1879).
Date d'introduction dans le jardin : 1848.

Sainte Bathilde (circa 630-680)

D'origine anglo-saxonne, enlevée par des pirates sur les côtes d'Angleterre, vendue comme esclave à la femme du maire du Palais de Neustrie (royaume au nord et à l'ouest de la Loire), elle tape dans l'œil de Clovis II, roi des Francs, fils et successeur de Dagobert, roi de Neustrie et de Bourgogne, plus jeune qu'elle, qui l'épouse et meurt à 25 ans.

Mère de 5 enfants, dont 3 fils, régente pendant la minorité de Clotaire III, elle s'entoure d'ecclésiastiques et comble l'église de bienfaits. Interdit l'esclavage sur ses terres et tente de le faire abolir, ainsi que la traite, dans les royaumes francs.

Canonisée au XIe siècle, elle est inhumée à l'abbaye de Chelles (Seine-et-Marne), qu'elle a fondée. Protégée par Clothilde, épouse de Clovis et par saint Eloi, cette abbaye bénédictine de femmes sera vendue en 1796, puis détruite.

Sculpteur : Victor Thérasse (1796, Paris, 1864), une des dernières commandes (1846).

Date d'introduction dans le jardin : 1848.

L'UN DES PREMIERS MUSÉES DU MONDE OUVERT AU PUBLIC

1750-1780

14 octobre 1750 : inauguration du *Cabinet du Roy* dans la galerie Est du palais inoccupée depuis une dizaine d'années. Après celui de Besançon, ce cabinet est le premier musée de peinture d'Europe ouvert au public. Suivront le British Museum (1759), le Belvédère à Vienne (1778), la Galerie des Offices à Florence (1789) et le musée du Louvre à Paris (1793). Il expose les chefs-d'œuvre des collections royales peints par Léonard de Vinci, Titien, Raphaël, Véronèse, Van Dyck, Poussin, Le Lorrain. Ouvert les mercredis et samedis pendant trois heures, le cabinet du Roy attire une foule de visiteurs français et étrangers. Le comte de Provence, nouveau propriétaire des lieux, le ferme en 1780 pour travaux. Les tableaux sont envoyés au Louvre qui ouvre ses portes en 1793.

En 1621, Marie de Médicis demande à Pierre-Paul Rubens de peindre deux grands cycles allégoriques célébrant sa vie et celle de son mari, feu le roi Henri IV, pour décorer son palais en construction. Elle a rencontré l'artiste à Florence en 1600 lors de son mariage par procuration. Il est alors peintre à la cour du duché de Mantoue.

Seul le cycle de la reine est réalisé de 1622 à 1625 à Anvers, dans l'atelier de Rubens qui effectue plusieurs voyages à Paris au cours de son exécution. 24 tableaux représentent la vie de la souveraine, de sa naissance à sa régence. La toile du couronnement de la souveraine (13 mai 1610) à l'abbaye de Saint-Denis est admirée pour la première fois en 1625 dans la galerie Ouest par un public choisi lors du mariage d'Henriette-Marie de France, fille benjamine de Marie de Médicis et de Henri IV avec Charles Ier d'Angleterre et d'Écosse, décapité en 1649.

1803-1815

Le musée rouvre au public sous le Consulat. Pour décorer le plafond de la galerie, le Sénat acquiert douze peintures de Jacob Jordaens (1593-1678) représentant les signes du Zodiaque et commande pour le centre de la voûte *Le lever de l'Aurore* au peintre Antoine-François Callet (1741-1823), prix de Rome, portraitiste officiel de Louis XVI. L'ensemble est entouré de grisailles en trompe l'œil. Le musée ferme à nouveau en 1815 ; ses toiles regarnissent les salles du musée du Louvre vidées par les Alliés ; après la défaite de Napoléon, ceux-ci récupèrent les chefs-d'œuvre de leur patrimoine pillés par la Grande Armée.

1818-1886

1818 : le musée du Luxembourg devient le premier musée des artistes vivants, c'est-à-dire le premier musée d'art contemporain créé en Europe, à l'origine du musée d'Art moderne qui lui succédera en 1937.

Ses expositions représentent le goût officiel de l'époque. Il faut attendre les années 1880 pour que les peintres de l'école de Barbizon, comme Millet, ou les impressionnistes, comme Manet, y soient exposés.

1885 : le musée de la galerie Est du palais ferme ses portes et déménage dans le bâtiment de la rue de Vaugirard qu'il occupe aujourd'hui. Le président de la République, Jules Grévy, l'inaugure en 1886.

L'Annexe de la bibliothèque

La galerie Est devient alors L'Annexe de la bibliothèque du Sénat, cette dernière occupant le premier étage de la façade Sud. Elle contient aujourd'hui 56 857 volumes répartis sur 2 kilomètres de rayonnages.

Au XIXe, s'y est tenu le procès du maréchal Ney (décembre 1815) condamné à mort et fusillé. En 1899, des cellules y avaient été aménagées pour juger 17 inculpés dans « l'affaire Paul Déroulède » qui, profitant des obsèques de Félix Faure, avaient essayé de s'emparer de l'Élysée.

Le legs Caillebotte

En 1896, le musée s'enrichit d'une collection inestimable d'œuvres des contemporains de Gustave Caillebotte (1848-1894), peintre et collectionneur. Degas, Manet, Renoir, Cézanne, Sisley, Berthe Morisot, Pissarro entrent au Luxembourg grâce au don que le peintre en avait fait à l'État à condition que ces œuvres y fussent exposées au musée.

Depuis 2010, le Sénat a délégué la gestion du musée à la Réunion des Musées Nationaux (R.M.N.) qui y organise des expositions temporaires.

TABLE

Cet ouvrage a été imprimé
par CPI Firmin-Didot
pour le compte des éditions Grasset
à Mesnil-sur-l'Estrée (Eure)
en février 2021

Composition Maury-Imprimeur

PAPIER À BASE DE
FIBRES CERTIFIÉES

Grasset s'engage pour
l'environnement en réduisant
l'empreinte carbone de ses livres.
Celle de cet exemplaire est de :
450 g éq. CO_2
Rendez-vous sur
www.grasset-durable.fr

N° d'édition : 21891 – N° d'impression : 162332
Dépôt légal : avril 2021
Imprimé en France